Annemarie Andre

Nacktschnecken

Roman

müry salzmann

Für Mama

1

Heute Morgen erstickte ich beinahe. Ich war auf einem Flug in den Süden, Marcels Arme und Beine waren mein Flugzeug und schaukelten und rüttelten mich auf und nieder. Bildfetzen aus Fernsehzeitschriften rauschten in Sekundenschnelle an mir vorbei. Haare, roter Lippenstift, Busen. Wie im Daumenkino. Wenn Marcel mich hoch hinaufwarf, konnte ich sogar den Genagelten am Kreuz sehen. Guter Gott, wir bitten dich, erhöre uns. In der Tiefe roch es nach zermalmten Bananen und Wurstsalat.

Zum Frühstück aß Marcel immer Wurstsalat mit Zwiebeln, bei dessen Geruch mir mein Müsli in großen Brocken fast bis hinauf in die Backen schoss und ich es noch mal, aber fester, hinunterschlucken musste. Nach dem Frühstück holte Marcel das rot-blau karierte Notizbuch aus seinem Zimmer, schlug es auf und nahm sich eine Banane. Bevor er sie aß, kletzelte er den Aufkleber herunter, verglich ihn mit den anderen in seinem Buch und beurteilte ihn. Ich liebte es, ihm dabei zuzusehen. Marcel war wie ein Fernseh-Richter, der in wenigen Minuten das Urteil der Bananenschale verkünden würde. Fünf Jahre Haft für diesen Aufkleber, der es sich anmaßte, wie alle anderen Aufkleber auszusehen. Trotzdem klebte Marcel ihn in sein Büchlein. Die Freude, dass er sich die Zeit so kostengünstig vertreiben konnte, sah ich ihm an.

Gleich würde er seine Rede beginnen: Weißt du, Charlotte, andere brauchen einen sündteuren Riesen-Fernseher, nein sogar zwei, einen Gameboy und was weiß ich noch alles, um glücklich zu sein. Aber wir, wir sind die Billigsdorfer-Leitners, da ist das Günstigste gerade am besten. Ich wusste zwar, dass ich Leitner mit Nachnamen hieß. Das musste ich für Mama auswendig lernen. Jeden Morgen, bevor ich in die Schule ging, zwang sie mich, den Namen inklusive der Haustelefonnummer aufzusagen. „Damit du nicht verschleppt wirst wie die eine aus Wien", sagte Mama und rief mir noch vom Balkon herunter: „Und wenn du einen weißen Lieferwagen siehst, dann rennst du schnell daran vorbei." Was aber Billigsdorfer hieß, wusste ich nicht. Ich reimte mir zusammen, dass es wohl ein Ort war, in dem alles besonders billig war und niemand Geld ausgeben musste beim Einkaufen. Das war aber bei uns nicht so. Darum sah ich Marcel oft, wie er hinter dem Supermarkt bei den Mistkübeln stand und Lebensmittel herausfischte, die man noch essen konnte. Dabei setzte er denselben Gesichtsausdruck auf, den er hatte, wenn er die Bananenschalen-Aufkleber in sein Buch klebte. Ich war fasziniert von diesem Buch mit den vielen unterschiedlichen Aufklebern und Farben. Wenn Marcel einen guten Tag hatte, durfte ich es mir anschauen. Grün, weiß, gelb, rot, manche Aufkleber waren einfarbig, andere hatten Muster und waren mit Text versehen. Ich malte mir aus, dass das die kostbarsten Exemplare in Marcels Sammlung waren. Oft dachte ich mir, wie klug es von ihm war, die Aufkleber bereits jetzt zu sammeln, wo das noch niemand tat. Wenn es irgendwann alle täten, könnte er sie gegen viel Geld abtreten. „Dann kauf ich uns ein Schloss, in dem wir wohnen", sagte Marcel und lachte. Nachdem er den Aufkleber eingeklebt und mit aktuellem Datum versehen hatte, schälte er die Banane. Dabei nahm er sich Zeit, es gehörte zu seinem Ritual. Dann biss er ab. Marcel aß eine Banane ganz anders als Mama. Bei ihr musste es schnell gehen. In maximal vier Bissen war die Banane weg, und die Schale landete im Müll. Marcel jedoch nahm kleine Häppchen und zermalmte sie, so hatte er länger was davon. Auch das gehörte zu der von ihm ins Leben gerufenen Billigsdorfer Mentalität. Reiche Leute bräuchten immer etwas Besonderes, eine teure Delikatesse. Was, das wusste Marcel selbst nicht genau, aber er wusste, dass für ihn einfaches Obst ausreichte und er dabei sogar noch sparte.

„Höher, höher", rief ich Marcel zu, um dem Geruch von Bananenmatsch zu entgehen. Immer wieder hörte ich Mamas Räuspern aus der Küche. Solange sie nichts sagte, ignorierten Marcel und ich ihre Geräusche. Sie war eine Spielverderberin, darin waren wir uns einig. Außerdem war Marcel schon erwachsen und musste nicht auf sie hören. Zwischen mir und Marcel lagen zehn Jahre. Er konnte für sich selbst entscheiden, während ich ständig einen Erwachsenen fragen musste. Mama rief aus der Küche: „Pass auf, Marcel, nicht, dass sie sich verschluckt!" Marcel und ich grinsten uns an und machten weiter. Noch zweimal flog ich hoch hinauf, sah den Jesus Christus im Herrgottswinkel und unten die Busen-Frau auf der Zeitschrift. Dann kam Marcels Mundgeruch, und ich spürte das Frühstück wieder in die Backen schießen.

Ich schluckte schnell. Dabei hatte ich vergessen, dass ich ein Hustenzuckerl im Mund hatte, das ich mir zuvor von

Mama erbettelt hatte. Fest, kräftig, aber es wollte nicht hinunter. Es reckte mich, während der Flug mich durchbeutelte. Marcel war Kapitän, ich nur Passagier. Mir wurde schwindlig, da stoppte Mama den Flug und haute mir mit flacher Hand mehrmals auf den Rücken. Ich wollte *Au!* rufen, aber das Zuckerl steckte in meinem Hals fest. Unter Mamas kräftigem Schimpfen und Marcels unschuldigem Blick landete es auf dem Teppich. „Was hörst denn nicht auf, wenn ich schon schrei?“, rief Mama. Ihr Gesicht war vor lauter Zorn genauso rot angelaufen wie meines. „Jetzt geh halt raus mit ihr, dann kommt sie wenigstens an die frische Luft“, sagte sie. Marcels Kopf verschwand zwischen seinen Schultern, er war zu einem einzigen großen Zopfstrickpullover geworden.

„Komm, Schuhe brauchst keine, Schlapfen reichen“, sagte Marcel im Stiegenhaus zu mir, als Mama uns nicht mehr hören konnte. Ich zweifelte daran, sah aber Marcel in seinen Schlapfen die Stiegen in großen Schritten hinunterstapfen und die Haustür aufreißen.

Mamas Garten, wie sie ihn nannte, war eigentlich ein aufgeschütteter Erdhaufen, in den öfter Hunde pieselten. Manchmal schafften Autos die scharfe Kurve nicht und arbeiteten sich dann querbeet durch die Erdausläufer und ersten Gräser. Von Erde bist du genommen, zu Erde sollst du werden. So hatte ich es bei den Begräbnissen gehört, die alle zwei Wochen auf dem Friedhof stattfanden. Der Friedhof lag direkt gegenüber unserer Wohnung, und so waren Begräbnisse nichts Besonderes, außer jemand starb, der jünger war als Mama. Dann schaute sie zum Genagelten hinauf und rief in die Runde: „Irgendwann wird's mich auch treffen – und was macht's ihr dann?" Marcel, meine Schwester Anja und ich saßen dabei meist um den Esstisch versammelt wie die Jünger vom letzten Abendmahl, die nicht vor dem Nachtisch gehen wollten. Wir blickten einmal auf, zuckten mit den Schultern, schauten uns an und löffelten weiter in unserem Kompott.

Seit ich den Priester sagen gehört hatte, zur Erde würde man werden, und gesehen hatte, wie er dabei eine Schaufel Erde über das offene Grab leerte, fragte ich mich, ob mir das auch eines Tages passieren könnte. Dass, wenn ich einmal nicht aufaß, nicht nur das Wetter schlecht werden, sondern ich plötzlich zu Erde zerbröseln würde. Dann müsste Mama Schaufel und Besen aus der Schublade unter dem Waschbecken holen und mich auffegen. Niemand würde mich über einen Sarg streuen. Mama würde einfach denken, dass Anja beim Umtopfen ihrer Zimmerpflanzen Mist gemacht hat. „Na geh, mach das das nächste Mal auf dem Balkon", würde sie sagen und mich in den Restmüll schütten.
Wenn ich mit Mama durch den Friedhof ging, den wir als Abkürzung in die Stadt benutzten, wollte ich oft einen kleinen Abstecher zu den Kindergräbern machen. Die sahen am schönsten aus, was doch eigentlich komisch war, da Kinder weniger hatten als Erwachsene. Weniger Taschengeld, weniger Anziehsachen, weniger Zeug. Aber wenn Kinder plötzlich starben, kamen die schönsten Statuen auf den Sarg und die hübschesten Schriften, die Mama mir vorlesen musste. Buchstaben in Gold und

Silber, Nischen für Kerzen. Tote Kinder hatten einfach alles. Als würden sich die Tränen der Eltern in Gold verwandeln, das man gegen viel Zeug tauschen konnte.
Bei mir war es wahrscheinlicher, dass ich zu Blumenerde würde. Schließlich hatte ich nur eine Mama, und die konnte nicht weinen. So schlimm war es aber gar nicht, zu Erde zu werden und gemeinsam mit den Pflanzen meiner Schwester umgetopft zu werden. Dann würde ich in ihrem Zimmer sitzen und mithören, welche Geheimnisse sie ihren Wellensittichen erzählte.
In Mamas Garten waren die Tulpen kurz davor aufzugehen. Ich sah der Nacktschnecke zu, wie sie langsam den Stängel hinaufkroch und sich sanft auf ein Blatt abseilte. Schneckenlänge um Schneckenlänge wurde das Tulpenblatt zerlöchert, rundherum bildeten sich kleine Schleimkronen. Ob Schnecken wegen des Schleims und der schäumenden Blasen als Abschaum bezeichnet wurden? Ich streckte den Zeigefinger meiner linken Hand aus. Der Körper der Schnecke war mit feinen Rillen versehen, und der Kopf mit den kleinen schwarzen Fühlern sah sogar ganz niedlich aus. Ich wollte der Schnecke über den Hinterkopf tätscheln, da zog sie die Fühler ein. Auf dem Bauch sollst du kriechen und Staub fressen alle Tage deines Lebens. Arme Schnecke, wenn Marcel herausfindet, dass du von den schönsten Früchten in Mutters Garten gegessen hast! Neben dem wuchernden Rosenstrauch und der Dornenhecke waren die Tulpen sicherlich das prächtigste Gewächs des Erdhügels.

„Spinnst du, warum schaust du der Schnecke zu, wie sie alles kaputt macht?“, rief Marcel hinter mir. Er schnippte die Schnecke mit Daumen und Mittelfinger vom Blatt herunter, sodass sie auf dem Rücken zu liegen kam. Sie zitterte. Die Schnecke versuchte ihr Gleichgewicht wiederzufinden und sich auf den Bauch zu drehen. Ich hörte, wie Marcel, ohne seine Schlapfen vom Boden zu heben, durch die Garage nach oben schlurfte. Türen knallten, bald würde er oben angekommen sein. Ich konnte mir schon denken, was er holte.

Marcel ließ das Garagentor mit einem kräftigen Schwung zuknallen. Triumphierend winkte er mir mit dem freien Arm zu und schwenkte die kleine Gerätschaft, die er in der Hand hielt. „Das ist ein professioneller Schneckenhäcksler", rief er mir zu. Aus der Nähe sah es nicht wie etwas aus, das es im Geschäft zu kaufen gab, sondern wie etwas aus seinem Dachbodenzimmer. Dort bewahrte Marcel seine Comics auf und Dinge, an denen er gerade bastelte. Alle bewunderten ihn dafür. Anja und Mama sagten immer wieder, wie gut er bauen, reparieren und Gegenstände erfinden konnte. Das könne sonst niemand so wie er, da sollte ich mir mal eine Scheibe abschneiden.

So sehr ich auch versuchte, Marcel etwas gleichzutun, es gelang mir nicht. Außerdem fand ich Fahrradreifenflicken langweilig, lieber spielte ich mit alten Tüchern und erfand damit eine Geschichte. Stolz setzte Marcel sein Gerät, das aussah wie ein gebrauchtes Gurkenglas, auf die zappelnde Schnecke, die noch immer versuchte, sich umzudrehen. Das Glas umhüllte sie nun ganz. Ob sie noch Luft bekommen würde, fragte ich mich. Da betätigte Marcel mit einer Hand die drangebastelte Kurbel.

Die im Glassturz angebrachten Schneidemesser bewegten sich schneller und schneller.

Wieder fühlte ich mein Müsli von heute Morgen sich sanft nach oben schieben – da wurden die Fühler vom Rest der Schnecke getrennt und auf die Vorderseite des Glases geschwemmt. Schneller und schneller drehte Marcel an seiner Kurbel und lachte dabei. Ich fragte mich, ob sich Schnecken wie Regenwürmer wieder zusammensetzen konnten. Aber so wild wie Marcel häckselte, konnte keine Schnecke der Welt wieder ganz werden. Schneckenkopf, Schneckenmittelteil, Schneckenschwanz. Ich sah alle Teile nur so durchs Glas flitzen, das sich mittlerweile goldbraun gefärbt hatte.

Nicht mehr ganz wurde auch das Herz des Grabsteinküssers. So nannte Mama einen Mann, der regelmäßig in den Friedhof kam, um auf dem Grabstein das Foto seiner Frau zu küssen, die bei einer Wanderung abgestürzt war. Es war das einzige Grab mit Foto, das ich auf dem Friedhofsgelände ausmachen konnte. Einmal ging ich ganz nah hin und versuchte, die Frau zu erkennen, aber vom vielen Küssen war das Foto stark abgenutzt. Der Grabsteinküsser musste seine Frau selbst nach ihrem Tod noch so sehr lieben, dass er jeden Tag zu ihr kam und ihr Abbild liebkoste. Wie die Schnecke im Glas war sein Herz in tausend Einzelteile zerfetzt und konnte sich nicht einfach wieder zusammenflicken.

Marcel hob das Glas auf und verstreute die Einzelteile der Schnecke im Garten, als ob er damit ein Warnsignal für ihre Artgenossen setzen wollte. „So einfach wird man Ungeziefer los“, sagte er und ging zum Gartenschlauch, um seine Gerätschaft auszuwaschen. Ich schaute noch immer auf den Garten. In meinem Bauch gluckste es. Ich hielt meinen Mund geschlossen und schluckte kräftig. Eine Dame macht so etwas nicht, würde Mama sagen. Wenn ich wie Marcel meine Spucke am Gehsteig verteilen wollte, wurde ich sofort ausgeschimpft.

„Willst du denn einmal keine Dame werden?“, fragte mich Mama dann mit sorgenvollem Gesicht. Natürlich wollte ich das. Ich stellte mich mir vor wie die elegante, reiche Dame in Erich Kästners Schwarzweißfilm *Das doppelte Lottchen*. Ich wohnte in einem Wiener Penthouse, einige Autostunden entfernt von hier, stand im eleganten Kostüm auf der Terrasse, zündete mir eine Zigarette an und fragte den Dirigenten, meinen Liebhaber: „Findest du das sehr geschmackvoll?“ Eine Dame spuckte nicht auf den Boden. Bissen für Bissen, Schluck für Schluck ließ ich das Frühstück wieder nach unten gleiten. Es müsste schon längst nur mehr ein farbloser Brei sein.

Marcel hatte sein Gerät auf der Mülltonne stehen lassen. Ich schaute auf meinen Faltenrock hinunter, die Strumpfhose und die Füße, die noch immer in den Schlapfen steckten. Viele Mädchen trugen draußen Hosen. Das mochte Mama nicht, da könnte man ja gar nicht mehr erkennen, ob es sich um einen Buben oder ein Mädchen handelte. Ich wollte immer Röcke oder Kleider tragen. Da konnte ich mich drehen und den Rock schwingen lassen wie die Frauen aus Mamas Filmen, die um 20.15 Uhr liefen. Sie waren für mich auch nicht unpraktisch, schließlich unternahm ich ohnehin nicht viel mit anderen Kindern.

Mama war nicht wie andere Mütter, die nach der Schule zusammenstanden und plauderten. Sie mochte keine Tratschereien, auch nicht mit den Nachbarn. Höchstens ein paar Höflichkeitsfloskeln austauschen, aber nur, wenn man sich gerade über den Weg lief. Mehr war bei ihr nicht drin. Mit den Nachbarn sollte man sich erst gar keine Freundschaften anfangen. „Wenn man sich einmal nicht mehr gut versteht, muss man immer noch dort wohnen, und dann ist der Umgang ein ganz anderer“, sagte sie. Die Nachbarskinder spielten zwar oft draußen im Hof, ich aber schaute meistens von oben zu oder blieb auf der Couch neben Mama und malte. Große Prinzessinnen mit Puffärmeln, aber ohne Arme und mit einer Kartoffel als Hand samt Würstelfingern. Das sagte Marcel über meine Zeichnungen. Anja und Mama lobten mich dafür und fanden sie schön. Wenn Mama erzählte, wie lange ich stillsitzen und malen konnte, wurden andere Eltern neidisch. Ich sei so brav, was für ein Glück sie habe. „Sie kann auch ganz anders“, sagte Mama dann. Ich wusste nicht, was sie meinte. Der Einzige, der nicht brav war, war Marcel.

Marcel stand beim Stachelbeerstrauch, den er außerhalb des Gartens auf einem wilden Rasenstück gepflanzt hatte, um unser Grundstück heimlich zu erweitern, und musterte mich. „Was schaust denn so deppert?“, rief er herüber. Lange in derselben Position zu verharren, war für ihn unausstehlich. Genau das tat ich aber gerade, um zu verhindern, dass ich mich übergeben musste. „Komm, schau dir das an!“ Ich schaute zu Marcel hinüber, dann wieder zum Schneckenhäcksler, der auf der Mülltonne stand. Wenn er noch eine Schnecke zerkleinern würde, könnte ich es nicht mehr zurückhalten. Dann würde Mama den Kopf schütteln und sagen: „So wirst du keinen Mann finden!“

Marcel zeigte auf die feuchte Erde neben dem Stachelbeerstrauch. Ein Regenwurm wühlte sich durch sie. Ich hockte mich hin, um ihn besser sehen zu können. Marcels Hand packte mich von hinten und drückte mich Richtung Erde. Ich schrie, der Wurm war direkt vor meiner Nase. Ich presste die Lippen zusammen und versuchte, mich aus seinem Griff zu befreien. Aber Marcel drückte mich noch weiter hinunter, bis meine Nasenspitze den Regenwurm beinahe berührte. Dann ließ er aus, aber so plötzlich, dass ich auf meinem Hintern landete. Hinter mir hörte ich Marcels tiefes Lachen.
In diesem Moment kam ein älteres Ehepaar aus dem Friedhof. Marcel zuckte mit den Achseln und sagte: „Wir spielen nur, das ist meine Schwester.“ Die Passanten schüttelten den Kopf und stiegen in ihr Auto. „Heb den Regenwurm auf und trag ihn in unseren Garten“, befahl Marcel.

Ich schaute Marcel an und dann den hellrosa Regenwurm. Wie er sich wie eine Ziehharmonika vorwärts schlängelte. Warum sollte ich ihn aufheben und tragen, konnte er nicht selbst kriechen, wohin er wollte? Ich schüttelte meinen Kopf. Reden wollte ich nicht, noch immer hatte ich Angst, mich übergeben zu müssen. „Geh, hab dich nicht so“, sagte Marcel und packte den Wurm mit Daumen und Zeigefinger. Die Ränder seiner Fingernägel waren schwarz gefärbt.

Marcel schlurfte mit dem Regenwurm in Richtung Garten und ließ ihn fallen. Hoffentlich war der Wurm nicht mit der Schnecke befreundet gewesen. Dann würde ihm nämlich auffallen, was Marcel ihr angetan hatte, und Gottes Zorn auf uns ziehen. Wenn erst mal der Zorn heraufbeschworen war, konnte nichts mehr gut enden wie in Mamas Filmen. Das hatte ich schon in der Kirche gehört. Dann würde der liebe Gott Plagen schicken. Welche Plage wohl Marcel treffen würde? Einmal hatte ich auf der Suche nach einer Benjamin-Blümchen-Kassette das gesamte Regal ausgeräumt und ganz hinten eine Zeitschrift gefunden. Ich blätterte sie durch, und da fiel mir die Geschichte von König David ein, die ich in der Kirche gehört hatte. *Er sah vom Dach aus eine Frau sich waschen, und die Frau war von schöner Gestalt.* Die Frauen in der Zeitschrift waren genau so, wie ich mir die Frau aus der Bibel vorstellte, frisch gereinigt, geölt und bereit, um entdeckt zu werden. Mit einer Hand hielt ich die Zeitschrift, mit der anderen tastete ich meinen Oberkörper ab. Noch hatte ich keinen Busen und fürchtete, dass ich nie einen bekommen würde. Täglich musterte ich mich in Anjas Ganzkörperspiegel, um zu überprüfen, ob sich etwas getan hatte. Aber Mama meinte, das passiere erst mit vierzehn, und wenn ich Pech hatte, noch später. Meine Tante sei komplett flach geblieben, bis sie sechzehn war. Ich aber wollte nicht busenlos durch die

Welt gehen. Schon jetzt sollte sich etwas wölben, damit der Busen genug Zeit hatte, zu wachsen, wie bei den Frauen im Heft, die aussahen, als hätten sie Orangen oder Grapefruits an ihren Körper geschnallt. Ich sah auch, dass die Frauen an der Scheide Haare hatten. Bei mir war alles glatt.
Mama riss mir die Zeitschrift aus der Hand. Sie schürzte die Lippen, wie sie es immer tat, wenn sie von etwas überrascht war und doch auch wieder nicht, denn das Leben hatte ihr schon viele Enttäuschungen bereitet. Kurzzeitig sah es so aus, als würde sie Marcel zur Rede stellen wollen. Ihre Stirn runzelte sich, die rehbraunen Augen konnten Gefühle kaum verbergen. Die Überraschung verwandelte sich in Schock – sie hatte ihren Sohn jünger im Kopf, als er tatsächlich war – und letztendlich in Ekel darüber, dass so eine Zeitschrift in ihrer Wohnung herumlag. Sie schürzte die Lippen immer noch, biss sich dann darauf und ging in Marcels Zimmer. Sie knallte die Zeitschrift auf den Tisch und huschte wie ein Dieb wieder hinaus. „Solche Schundhefte brauchst du dir gar nicht anschauen, hörst", sagte sie zu mir.

Marcel zog mich am Ärmel meiner Jacke. „Ich geh wieder hinauf", sagte er. Ich zuckte mit den Schultern und folgte ihm in den Vorraum, in dem meine Straßenmalkreiden lagen. Ich hatte zwar kein Braun, aber die Schnecke konnte auf meinem Bild auch eine andere Farbe haben. Von Mama hatte ich gelernt, dass die kleinen Zettel mit Fotos der Toten Parten hießen. Ich malte eine Parte für die Schnecke mit vielen Tulpenblättern, die sie jetzt im Himmel fressen konnte, ohne bestraft zu werden.

2

Anja lag in Unterwäsche auf der Couch. Ihre Cremetiegel standen übereinandergestapelt auf dem Tisch. In der rechten Hand hielt sie einen Tiegel, in den sie immer wieder mit den Fingern der linken Hand hineintunkte, um dann von der Hüfte abwärts über die Wade hinweg dick Creme aufzutragen. Die Haut auf ihrem Bein glänzte. Sie wirkte weich und beinahe durchsichtig wie die fein linierten Flügel einer Biene. Nach dem Eincremen hielt sie ihr Knie mit einer Hand fest und kreiste das Bein. Es sah aus, als würde der Knochen ihres Oberschenkels durch die Haut durchkommen. Ihre Haut war nicht mehr glatt und eben. Sie glich einem Fleckerlteppich, der aus unterschiedlich großen Stofffetzen zusammengesetzt war. Ich wollte Anjas Haut betasten, aber sie ließ mich nicht. „Das muss erst gut heilen", sagte sie.
Ihre Haut war so weich, ich wollte mit dem Fingernagel hineinbohren wie in meine Window-Color-Bilder. Ein Mädchen, das auf einem Halbmond sitzt, hatte ich schon gemalt. Danach meinen Namen. C-H-A-R-L-O-T-T-E. Das H war etwas missraten, beim zweiten senkrechten Strich spritzte es plötzlich aus der Tube. Aus dem eleganten H wurde eins mit einer fetten Pfütze. Oder einer Träne, als würde das H über das nachfolgende A weinen. Beim Mond war es mir gelungen, die goldene Farbe sanfter und durchlässiger aufzutragen. Die Haut meiner Schwester sah aus wie eine Mondscheibe mit kleinen Rillen und Kerben. Anja nannte sie Narben.

Oft zeigte sie mir Fotos, auf denen ich zu sehen war, wie ich ihr im Krankenhaus einen Teddybären überreichte. Ihr einbandagiertes Bein lag in einer Schleife, die von oben herabhing. Ihr Kopf war ebenfalls in einen Verband gewickelt, genauso ihr rechter Arm. Ich konnte mich daran nicht mehr erinnern.

Mama sagte, sie wisse alles noch ganz genau. Wie die Polizei sie anrief und sie schnell zum Unfallort radelte. Wie Anja ins Krankenhaus eingeliefert wurde und sie stundenlang warten musste. Oma, die damals noch lebte, hatte auf mich aufgepasst. Ich erinnerte mich auch daran nicht mehr. Aber vermutlich hatte ich eines der üblichen Gespräche mit ihr. Ich: „Mir ist kalt." Sie: „Dann geh in den Wald." Erst wusste ich nicht, was sie damit meinte. Es machte keinen Sinn, abends, wenn einem kalt war, wandern zu gehen. Aber da sie das immer sagte, beschloss ich, einfach zu lachen. Wenn sie mit mir sprach, schob Oma ihr Gebiss nach rechts und links und knirschte dabei. Manchmal schob sie es auch ganz nach vorne. Das fand ich besonders lustig, da es aussah, als wäre sie ein Hund, der gleich nach einem schnappen würde. Immer wenn ich darüber nachdachte, fand ich es komisch, dass ich diesen Abend mit Oma verbrachte, während meine Schwester mit der Rettung ins Krankenhaus gefahren wurde.

Sie sei in den Strom gekommen, schrieb die Lokalzeitung. Dabei hieß es doch: Messer, Gabel, Schere, Licht sind für kleine Kinder nicht. Anja war aber gar nicht mehr so klein, viel größer als ich und schon erwachsen. Vielleicht täuschte sich Mama, und Messer, Gabel, Schere, Licht sind für Erwachsene nicht. Manchmal brachte sie die Wörter durcheinander.

Ich probierte, ob ich auch in den Strom kommen könnte, indem ich mit meinem Finger heimlich, wenn niemand zusah, ganz nah an die Steckdose fuhr. Es passierte nichts, nicht einmal, wenn ich die Steckdose kurz angriff. Ich kam nicht in den Strom. Dabei stellte ich mir vor, plötzlich wie Alice im Wunderland zu schrumpfen und in eines der Nasenlöcher gesogen zu werden. Ich würde durch einen Tunnel taumeln und dann irgendwo im Strom herauskommen. Vielleicht sah es dort aus wie in einer magischen Welt mit Kaninchen, die immer spät dran waren.

Anja hatte früher einen Hasen, der gerne Stromkabel annagte und gestorben war, bevor ich auf die Welt kam. Vielleicht hatte dieser Hase sie zu sich holen wollen, weil er einsam war im Hasenhimmel. Aber Anja war nicht in den Himmel gekommen, sondern in den Strom, und hatte sich an Beinen, Armen und am Kopf verbrannt. Vielleicht weil sie schon so groß war und nicht wie Alice und ich ganz einfach geschrumpft werden konnte.

Als Anja nach Hause entlassen wurde, hatte sie viele Cremen dabei, mit denen sie sich mehrmals täglich einschmieren musste. Dafür musste sie nicht in die Arbeit. Sie war jetzt immer zu Hause und konnte mit mir Bussi-Bär-Kassetten hören, malen und fangen spielen. Auf einmal wollte sie nicht mehr. Dann ging sie in ihr Zimmer und hörte laut Musik, bis Mama klopfte.

Ich fragte Anja, ob ich auch eine Narbe eincremen dürfte. Sie seufzte, deutete auf eine Creme und sagte: „Für den rechten Oberarm." Ich tunkte meinen Zeigefinger ganz tief in den Cremetiegel und bohrte darin herum, bis Anja mir den Tiegel wütend aus der Hand nahm: „Reicht schon." Vorsichtig berührte ich mit meinem Zeigefinger die Narben auf ihrem Oberarm. Sie erinnerten mich an Zitronenfalter, die ich auf dem Spielplatz mit meiner Kindergartenfreundin fangen wollte. Einmal war ich tatsächlich ganz nahe an einen herangekommen. Ich drückte meine Finger leicht zusammen und erwischte die Füßchen des Falters. Die hellgelben Flügel schlugen zusammen. Im nächsten Moment flog der Schmetterling weiter.

Das Telefon läutete, meine Schwester stand auf, verteilte die von mir aufgetragene Creme schnell auf dem restlichen Oberarm und ging zum Telefon. Auf das grobe „Hallo" folgte bald ein sanftes Säuseln. Ich hatte Mama gefragt, warum Anja ihre Stimme verstellte. Sie erklärte mir: „Das ist eben so, wenn man mit einem Mann spricht, in den man verliebt ist." Manchmal dauerten die Telefonate von Anja zwei Stunden. Nach zehn Minuten sagte sie meistens „Moment", legte den Hörer auf die Seite und hüpfte in zwei großen Schritten zur Tür, um sie zu schließen. Der Gang, in dem das Telefon stand, verband Toilette, Badezimmer, Anjas und Marcels Zimmer mit dem Rest der Wohnung. Sobald die Tür zu war, war es in den nächsten Stunden fast unmöglich, aufs Klo zu gehen. Nach mehrmaligem Anklopfen brummte Anja üblicherweise: „Dann geh halt, aber mach schnell."

Als ich einmal vergessen hatte anzuklopfen, hatte Anja stundenlang kein Wort mit mir geredet und nur grimmig geschaut.

Anja war noch in der Unterhose, weil sie mit dem Eincremen nicht fertig geworden war. Ihre kurzen stoppeligen Haare standen in alle Richtungen ab. Am Vorderkopf war ein Streifen zu sehen, auf dem gar keine Haare wuchsen. Anjas Kopf sah merkwürdig aus. Wie Plastilin, das mit den Plastik-Werkzeugen aus der Verpackung bearbeitet und in die richtige Form gedrückt worden war.

Einmal, als ich in der Badewanne saß und Anja auf mich aufpassen sollte, dann aber kurz rausging, um ein Getränk zu holen, erzählte sie mir von ihrem Schutzengel. Der müsste immer viel arbeiten und sie vor allem beschützen, zuletzt sogar vor den 200.000 Volt. „Der reicht locker für uns beide“, sagte Anja. „Ich leihe dir meinen halben Schutzengel, dann wird dir dein ganzes Leben lang nichts passieren.“
Ich atmete tief ein und tauchte ab in die Badewanne. Meine Haare trieben, so stellte ich es mir vor, wie Seerosen auf der Wasseroberfläche. Ich tastete mit meinen Fingerspitzen danach. So geschmeidig und zart fühlten sie sich nur im Wasser an. Ich dachte mir aus, dass ich eigentlich eine Prinzessin war. Dass eines Tages an meinem Geburtsmal erkannt werden würde, dass ich ganz woanders hingehörte. Eins, zwei, drei, vier, fünf, ich zählte mit, wie lange ich die Luft anhalten konnte. Sechs, sieben, acht, neun, zehn, ich begann, langsam und konzentriert auszuatmen, in der Hoffnung, das Einatmen so

hinauszuzögern. Elf, zwölf, dreizehn, mein Luftvorrat war aufgebraucht. Ob jetzt der Schutzengel kommen würde, um mich zu retten? Vierzehn, fünfzehn. Kein Schutzengel.
Ich holte tief Luft. Wasser drang durch meine Nase nach hinten und in meinen Mund. Ich hustete. Das Wasser gluckerte. Durch mein ruckartiges Auftauchen schwappte es hin und her, die Wanne lief beinahe über. Schaumkronen sammelten sich in meinen Augenbrauen und liefen als Badewasser über mein Gesicht. Vielleicht war so ein halber Schutzengel doch nicht ausreichend.

Anja hüpfte diesmal nicht zur Tür. Sie sah ernst drein. Das Säuseln in ihrer Stimme war weg. Sie sagte *Ciao* und legte auf.

3

Aus einer Folge *Pippi Langstrumpf* waren drei geworden. Ich sah Pippi zu, wie sie im Süßigkeitenladen *Meduzin* kaufte, im Heißluftballon über die Stadt flog und wie sie auf zwei Bürsten rutschend ihr Haus putzte. Ich hatte nach einer Folge nicht gleich ausgeschaltet, so wie Mama es angeschafft hatte. Es sei einfach weitergegangen, ich hätte nicht gewusst, dass die Folge zu Ende war. So gut kenne ich Pippi dann auch wieder nicht. Während Pippi mit Annika, Herrn Nilsson, Tommy und dem Kleinen Onkel Schabernack trieb, erfand ich Ausreden, falls Mama mich zur Rede stellte, wenn sie aus dem Bad kam. Ich hatte täglich zwanzig Minuten Fernsehzeit, und auch nur dann, wenn ich Mama einen Grund nennen konnte, warum ich mir eine bestimmte Sendung ansehen wollte. Also studierte ich jeden Tag die TV-Zeitschrift mit der Busen-Frau vorn drauf und suchte nach Abbildungen von Kindersendungen, die ich bereits kannte. Dazu dachte ich mir aus, was ich davon lernen konnte. Tiersendungen zum Beispiel waren gut zu argumentieren, aber auch langweiliger als Zeichentrickfilme. Ich beneidete einige meiner Schulfreundinnen darum, dass bei ihnen zu Hause der Fernseher den ganzen Tag lief und es niemanden störte, wenn sie am Wochenende mehrere Sailormoon-Folgen hintereinander schauten.

Es gab nur zwei Sendungen, bei denen mir Mama mehr als eine Folge täglich erlaubte und für die es keinen Grund brauchte: *Heidi* und *Sissi.* Als Kind hatte Mama Heidi gelesen. Seitdem träumte sie davon, einmal in die

Schweiz zu fahren und die Berge zu bewandern. Ich mochte Heidi, aber Pippi war lustiger. Sie musste es niemandem rechtmachen und kam immer ohne Strafe davon. Dabei sah ich gar nicht so aus wie Pippi mit ihrem viel zu kurzen Kleid und den komischen Strümpfen und Haaren. So schlagfertig wie Pippi war ich auch nicht. Bei der Rutsche im Parkbad ließ ich lieber alle Kinder vor, bevor ich selbst hinunterrutschte. Wenn ein Erwachsener etwas zu mir sagte, war ich eingeschüchtert und nicht so frech wie Pippi mit Fräulein Prysselius.

Meistens sagte ich gar nichts. Ich musste deshalb in Nachhilfe. Dabei war ich eine gute Schülerin. In den Nachhilfestunden sollte ich die anderen Kinder kennenlernen und mit ihnen gemeinsam etwas machen. Ich saß in meiner Bankreihe und wartete, bis die Lehrerin hereinkam und die anderen aufhörten, fangen zu spielen.

Aus dem Fernseher tönte die Melodie der nächsten Folge mit Pippis lautem Gesang: „Was soll ich heute tun?" Und dem Kinderchor, der antwortete: „Was soll sie heute tun?" Mama war noch immer im Badezimmer. Wenn sie am Klo gewesen war, ging sie ins Bad zum Händewaschen, da wir auf der Toilette nur Kaltwasser hatten, und das konnte Mama nicht ausstehen. Sie brauchte es schön warm. Außer wenn sie Kopfweh hatte, dann musste ich meine kalte Hand immer ganz lang an ihre Stirn halten. „Das ist besser als jeder Waschlappen", sagte sie.

Aus dem Badezimmer konnte ich dieselben Geräusche hören, die ich machte, wenn mir Marcels Mundgeruch entgegenschlug. Ob Mama auch das Frühstück wieder heraufkam? Vielleicht hatten wir alle zu viel von ihm gerochen. „Charlotte“, rief Mama, „komm bitte!“ Bestimmt würde sie mir sagen, dass ich nun endlich den Fernseher ausmachen sollte. Jeder, sogar die Nachbarn, hätten mitbekommen, dass ich schon stundenlang fernschaute. Bald würde ich viereckige Augen bekommen.

Ich drückte die Badezimmertür einen Spalt auf und lugte hinein. Mama stand nicht wie erwartet zornig vor dem Spiegel, sondern kniete auf den Fliesen, der blaue Kübel vor ihr. Er war bereits bis oben hin voll, doch aus Mama gluckerte es weiter heraus. Wie aus einer unversiegbaren Quelle. So hatte der Kaplan die Bibel bezeichnet. Ob Mama auch voller Weisheiten war, die jetzt nur so aus ihr heraussprudelten? Aus mir sprudelte nichts, denn ich schaute fern, und das machte auf Dauer dumm.

Mama reckte es, sie erbrach sich schwallartig. Die braune Suppe floss an der Außenseite des Kübels entlang auf den Boden. Zwischen den Schwallen fragte Mama nach einem Ei... „Eimer?“, ergänzte ich. Mama nickte und würgte. Sie sah aus wie die Katzenmutter oben auf dem Eschenberg, die lange vor uns gestanden und dann direkt vor meinem Fuß einen Grasballen herausgewürgt hatte. Dabei machte sie auch Glucks- und Schluckgeräusche, tat dann aber so, als wäre nichts gewesen, und lief davon.
Vielleicht war es bei Mamas so, dass sie die Sorgen, die sich den ganzen Monat über aufgestaut hatten, herauswürgen mussten. Abends, wenn meine Mama über Mappen und Ordnern saß und ich sie fragte, was sie mache,

sagte sie nur: „Mir Sorgen." Ich lief hinaus in den Flur und holte den zweiten Eimer. Als ich damit zurück ins Bad kam, hatte Mama den Fetzen gepackt, der auf dem Heizkörper zum Trocknen hing, und wischte damit den Boden auf. Da kotzte sie schon wieder. Ich schob ihr den zweiten Kübel hin und fühlte mich wie ihre Komplizin.

Mama bat mich oft, ihr etwas zu bringen. Anjas Vogelfutter am Dachboden hatte Mäuse angelockt, die Mama nach erfolglosen Tötungsversuchen mit Mäusefallen und Gift eigenhändig erschlug. Ihrem schrillen Schrei folgte ein schroffes: „Charlotte, bring mir den Hammer!" Dann lief ich, holte das Werkzeug aus der Abstellkammer und überreichte es ihr. Mama umzingelte währenddessen die Maus und stampfte immer wieder mit einem Fuß auf den Boden. Mäuse waren nicht einfach zu erschlagen. Sie konnten von einer Sekunde auf die andere davonspringen. Aber Mama entkam keine Maus. Sie schaffte es mit dem ersten Hieb, die Maus in grauroten Brei zu verwandeln, und schlug nur zu Sicherheit noch einmal darauf. „So schnell wie das geht, muss die Maus gar nicht leiden", erklärte sie mir. „Bring mir einen alten Prospekt!" Darauf wischte sie mit einem alten Fetzen die Gedärme der toten Maus. Mama hatte gewonnen.

So wie sie jetzt im Badezimmer hockte, könnte sie keine Maus erschlagen. Im Gegenteil, sie kauerte sich zusammen wie die Mäuse, die vor ihr Angst hatten. Ich tapste um Mama herum und machte Ausfallschritte nach links und rechts, um die Lage besser überblicken zu können. Genauso wie Mama, wenn sie eine Maus umzingelte.

Mama hatte aufgehört, sich zu erbrechen. Sie seufzte, dabei gluckste es in ihrem Hals. Sie stützte sich an der Kante des Badezimmerschranks ab und atmete tief ein und aus. „Charlotte, mir ist so schwindlig", sagte sie. „Kannst du mir aufs Klo helfen, bitte?" Ich streckte Mama meine Hand entgegen. „Nein, nein, nein", sagte Mama, kaum stand sie. Unbeholfen ging sie wieder in die Hocke, riss den Kübel an sich und erbrach sich in einem Schwall.

Den ganzen Tag über hatte Mama schon Kopfweh gehabt und deshalb auch kurz geruht. Ich legte ihr meine kalte Hand auf die Stirn, die sie so angenehm fand. Wenn Mama so ruhig auf der Couch lag mit meiner Hand auf ihrem Kopf, legte ich mich auf sie und hörte ihrem Bauch beim Glucksen zu. Diese Momente kamen nicht oft vor. Meistens war Mama in der Küche beschäftigt, mit Kochen oder Abwaschen. Außerdem musste sie Holz für den Ofen rauftragen, Wäsche waschen, putzen und tagsüber erst Zeitungen austragen fahren und dann in die Wäscherei zu ihrer eigentlichen Arbeit. Insgeheim sehnte ich die Tage herbei, an denen sie endlich mit Kopfweh auf dem Sofa liegen würde und ich sie für mich alleine hätte.

Ich hörte Marcel die Stiege heraufschlurfen. Mit einem nach unten hängenden Mundwinkel kam er ins Badezimmer. Er sah angewidert drein. Ob er sich Sorgen machte, konnte ich aus seinem Gesicht nicht ablesen. „Die Mama kotzt schon seit Stunden", sagte ich. „Geh, stundenlang kann man gar nicht kotzen", antwortete er. So viel habe sie ja in letzter Zeit gar nicht gegessen, da sei nicht viel herauszuholen. Anja kam aus ihrem Zimmer. Ihre Augen waren gerötet und die Haut rundherum geschwollen. „Sie übergibt sich wirklich schon länger“, sagte Anja. „Vielleicht sollten wir den Hausarzt anrufen.“ Marcels Gesicht war anzusehen, dass er das unnötig fand. Sein Motto war, nur die Harten kommen in den Garten. Die Natur würde vieles von selbst regeln. „Ich rufe jetzt beim Hausarzt an“, sagte Anja. „Er kann ja selbst entscheiden, ob er kommt oder nicht.“

Zwanzig Minuten später klingelte es an der Türe. Anja schickte mich zum Aufmachen. Sie hatte sich an den Badewannenrand gesetzt und assistierte Mama mit dem Kübel und beim Saubermachen. Der Arzt klopfte an die Badezimmertür. Das hatte ich schon manchmal bei Erwachsenen gesehen. Sie klopften, obwohl die Türe offenstand, und warteten trotzdem die Antwort nicht ab. Meistens machten sie dabei große Augen und blickten erwartungsvoll in den Raum. Ich wollte dem Herrn Doktor entgegenschreien, dass er das lassen solle. Dass sich das nicht gehöre für einen Arzt, der ernst genommen werden wollte. Er solle gefälligst seinen Arztkoffer aufmachen und Mama untersuchen. Aber Kinder durften so etwas nicht sagen. Ich erinnerte mich an *Das doppelte Lottchen.* Kurz bevor die beiden Zwillinge Rollen tauschten, sagte die eine zur anderen, dass sie ihren Eltern gehörig die Meinung sagen müssten. Die andere meinte daraufhin: „Aber wir sind ja nur Kinder!“ Schon oft habe ich mir gedacht, dass ich den Erwachsenen gerne einmal meine Meinung sagen würde.

Der Arzt stellte Mama einige Fragen, die sie versuchte zu beantworten, obwohl sich ihr Hals mit Kotze füllte, die erneut unkontrolliert aus ihr herausgluckerte. Der Arzt wechselte ein paar ernste Blicke mit Anja und Marcel und fragte dann, ob er das Telefon benutzen dürfe. Er müsse die Rettung rufen. „Wieso denn die Rettung, sie übergibt sich doch nur?“, sagte Marcel. Der Arzt ließ sich nicht auf Marcel ein. Er schob ihn einfach aus dem Weg.

„Gruber spricht, ein RTW, Vogelsangstraße 6, Verdacht auf Gehirnblutung.“ Er leierte seine Anweisungen herunter wie einen Einkaufszettel. Eier und Schmalz, Zucker und Salz, Milch und Mehl. Verdacht auf Gehirnblutung. „In wenigen Minuten kommt die Rettung“, sagte er. Dann ginge es ins Krankenhaus. Dort würde man genaue Untersuchungen machen, und sollte tatsächlich eine Ader geplatzt sein, müssten wir uns darauf einstellen, dass unsere Mama ins Wagner-Jauregg nach Linz gebracht würde. Auf keinen Fall solle sich Panik breitmachen. Wir sollten uns ablenken, beruhigen. Es könne sich um mehrere Stunden handeln, bis es Klarheit gäbe. Die Lage sei kritisch, aber nicht aussichtslos. Schließlich ginge es bereits seit Stunden so und hätte eher gemeldet werden müssen. „Wer hat es denn zuerst bemerkt? Das würde mich jetzt schon interessieren“, fragte der Arzt. Er blickte zwischen Anja und Marcel hin und her. Ich hob meinen rechten Zeigefinger in die Höhe. Sagen traute ich mich nichts. Schließlich war der Herr Doktor viel älter als ich. Er hatte grau-weiße Haare und einen kurzen, aber vollen Bart. Er bewegte langsam und schwer seinen Kopf auf und nieder, als er meine erhobene Hand sah.

Als würde ein Gewicht an ihm hängen, das sein Kinn beschwerte, es dann aber wieder zurückschnalzen ließ. Es läutete an der Tür. Ich lief auf den Gang hinaus und drückte auf den Türöffner. Diesmal würde ich dafür sorgen, dass alles schnell ging. Diesmal würde ich nicht so langsam sein wie die Schnecken im Garten.

Das wurde mir auch in der Schule oft vorgeworfen. Dass ich vor mich hinträumte. Wenn ich zu spät in den Unterricht kam, sagte ich wahrheitsgemäß: „Entschuldigung, ich habe getrödelt." Konzentrierte ich mich nur auf den Schulweg, konnte ich es in fünfzehn Minuten schaffen. Oft aber dachte ich mir auf dem Weg Geschichten aus. Dann ging ich statt geradeaus unten am Fußballstadion entlang. Im Teich des Schulhofes kontrollierte ich, ob alle Fische von gestern noch da waren.

Jetzt aber war keine Zeit zum Träumen. Zwei Sanitäter liefen an mir vorbei. Der dritte, der die Stiege etwas langsamer heraufkam, trug eine aufklappbare Trage. Die kannte ich schon vom Tag der offenen Tür bei der Rettung, an dem wir mit Blaulicht eine Runde durch die Stadt fahren durften.

Anja und Marcel standen vor der Badezimmertür. Drinnen waren außer Mama der Hausarzt und die Rettungsleute. Sie müsse sich da jetzt hinlegen. Ja, es sei notwendig. Eins, zwei, drei, Hauruck. In Seitenlage wegen des Erbrechens. „Sie kommt bald wieder zurück, keine Sorge", sagte eine Frau zu mir. Mama wurde an mir vorbeigetragen, die Stiege hinunter. Die Tür fiel ins Schloss.

4

Marcel schleifte mich von Waggon zu Waggon. In meiner rechten Hand Bussi Bär. Eigentlich war ich für den schon zu alt, doch wenn ich nervös war, bestand ich darauf, ihn mitzunehmen. Vor zwei Tagen wurde Mama mit der Rettung ins Krankenhaus gebracht. Danach musste sie mit dem Hubschrauber weiter nach Linz fliegen, wo sie zwölf Stunden lang operiert wurde.

So hat mir das Anja erzählt, aber ich konnte mir zwölf Stunden gar nicht vorstellen. Ich war an manchen Tagen bis zwölf Uhr in der Schule, aber ging nicht um Mitternacht hin. Zwölf Stunden mussten also eine lange Zeitspanne sein. Ich konnte mir nicht vorstellen, was die Ärzte zwölf Stunden lang mit einer kotzenden Frau machten. Wie viele Kübel sie ihr bringen mussten. Ich fragte Anja alle zehn Minuten, wann Mama wiederkommen würde. Man müsse jetzt abwarten. Sobald das Telefon klingelte, wüssten wir mehr. Ich konnte nicht aufhören, Anja zu fragen. Bis sie sich ein Taschentuch vors Gesicht hielt und schrie, dass mein dauerndes Gefrage niemandem helfen würde und warum ich nicht einfach den Mund hielte, bis das Telefon läutete.

Am nächsten Tag läutete es dann tatsächlich. Mama sei im Aufwachraum, sagte der Arzt zu Anja, die auf ihre Socken starrte. „Kommt Mama jetzt wieder nach Hause?“, fragte ich Anja. „Nein, das wird noch eine Weile dauern, aber wir dürfen sie morgen besuchen fahren.“

Wir hatten gerade wieder den Waggon gewechselt, da zog mich Marcel ins Zugklo und sperrte die Tür hinter uns zu. Er hielt seinen Zeigefinger an die Lippen und deutete mir, leise zu sein. Draußen hörte ich die Maschine des Schaffners klickern. „Aber ich muss nicht aufs Klo", protestierte ich. „Jetzt sei doch einfach leise", sagte Marcel. Er lauschte an der Klotür und entriegelte sie, sobald es draußen ruhig war.

„Wir sind die Billigsdorfers", sagte Marcel, als er mich aus der engen Klokabine herauszerrte und mit mir zurück zu unserem Platz ging. Im Gegensatz zu den anderen Passagieren kramte er sein Ticket nicht hervor, wenn sich der Schaffner ankündigte. Stattdessen gingen wir in die entgegengesetzte Richtung. Einfach mal die Beine vertreten, nannte Marcel das.
Während der Zug langsam bremste, riss Marcel die Tür unseres Abteils auf, nahm meinen kleinen Rucksack und schob mich Richtung Ausstieg, ohne mir den Rucksack zu geben. Ich zupfte Marcel am Ärmel. Kniff die Lippen zusammen. Ich hasste es, wenn er mir meine Sachen nicht gab. „Jetzt müssen wir uns beeilen", rief Marcel. Die Zugtür ging gerade wieder zu, da warf sich Marcel durch den Türspalt. Ich stieß einen Schrei aus. Marcel stand am Bahnsteig und ich im Zug. Da drückte er mit einer Hand die Tür auf. Mit Bussi Bär im Arm hüpfte ich aus dem Zug.

Verschwommen nahm ich die abschätzigen Blicke der Erwachsenen wahr. Oft galten sie Marcel, weil er machte, worauf er Lust hatte und überhaupt nicht vorsichtig war wie Eltern üblicherweise. „Davon werden Kinder nur verzogen“, behauptete er. Er packte mich am Handgelenk und ging mit mir zu den Stiegen, die ins Bahnhofsgebäude führten. Er nahm immer die Stiegen. Die Billigsdorfers seien schließlich weder faul noch fett. Sie hielten sich immer im Hintergrund, seien fleißig und gäben keinen Cent zu viel aus. Nicht so wie die anderen, die das Geld zum Fenster hinauswarfen. Marcel nahm zwei Stufen gleichzeitig und zerrte mich hinter sich nach. Ich wäre lieber mit Anja gefahren, aber sie musste zum Arzt.

In der Bahnhofshalle kamen wir an einer Blumenhandlung vorbei. „Für Mama?“, sagte ich und zeigte auf einen Blumenstrauß. „Geh, dafür geben wir kein Geld aus.“ Marcel schob mich an älteren Ehepaaren, Familien und Schulkindern vorbei. Bei Marcel musste es immer schnell gehen. Ich machte riesengroße Schritte, mein Rucksack hüpfte auf meinem Rücken auf und ab. Wir liefen durch einen Park, an Bänken vorbei, auf denen Männer inmitten von Einkaufssackerln lagen. Kein Krankenhaus in Sicht. Ich spürte, wie sich mein Hals zuschnürte und mir Tränen aufstiegen. „Jetzt tu doch nicht so, wir sind ja gerade dabei, das Krankenhaus zu finden“, sagte Marcel. Ich wusste, dass es ihm nicht so sehr darum ging, ob ich traurig war oder nicht, sondern darum, ob ich Leute auf mich aufmerksam machte.
Wir kamen in eine Straße, in der sich Geschäfte an Kaffeehäuser reihten. Bei uns zu Hause hatte ich so etwas noch nicht gesehen. Autos hupten, Motorräder ratterten vorbei. Eine Straßenbahn fuhr ein. Marcel glich die

Nummer mit dem Straßenbahnfahrplan ab, nickte und zog mich am Handgelenk in den Waggon.

Endlich erreichten wir das Krankenhaus. „Nur faule Leute nehmen den Aufzug“, sagte Marcel. „Wir, die Billigsdorfers, wir sind nicht faul. Wir gehen zu Fuß.“ Ich rannte die Stiegen hinauf, im fünften Stock ging mir fast die Luft aus.

Marcel öffnete die Tür zu Mamas Zimmer. Keine Mama. Lediglich eine Frau mit dickem Verband um den Kopf. Und einseitig heruntergezogenem Mundwinkel. Sie starrte mich an. Und ich schrie.

1

Marcel ging drei Schritte vor mir her. Er hatte sich, obwohl er mich in die Schule bringen sollte, keine Schuhe angezogen. Er trug Schlapfen, darunter Wollsocken. „Jetzt gehst du da schon das zweite Jahr hin“, sagte er, ohne mich anzuschauen. „Ist nicht zu viel verlangt, dass man den Weg kennt.“ Marcel stapfte breitbeinig voran. Wenn er sich nicht nach mir umdrehte, schaute ich mir das feuchte Gras an. Auf jedem Grashalm waren kleine Tautropfen. Wenn ich mit der Schuhspitze den Halm berührte, rollten sie hinab auf die Erde. „Willst du jetzt nicht schauen, dass du weiterkommst?“, schimpfte Marcel. Er hatte beide Hände in den Hosentaschen vergraben, seine Schultern waren hochgezogen.

Eigentlich hätte ich in die Schule radeln sollen. Es war nicht weit. Ich musste nur den Friedhof durchqueren, wenn der Friedhofswärter nicht herschaute, dann durch eine Allee und das letzte Stück auf dem Gehsteig. Das war eigentlich verboten, aber es wurde mir trotzdem aufgetragen, weil es weniger gefährlich war als auf der Straße. Marcel hatte am Flohmarkt Stützräder besorgt, die er an mein Rad montiert hatte. Im Hof vor unserem Haus übte ich, und es ging schon ganz gut. Anja schaute mir oft vom Balkon aus zu und klatschte.

Auf den Balkon passten ein alter Esstisch und zwei Stühle. Außerdem genau fünf Blumentöpfe, die Mama früher mit Hängepelargonien bepflanzt hatte, die von unten rot und pink leuchteten. Von außen sah es so aus, als würden wir in einem riesigen Haus wohnen. Dabei gehörte uns nur ein kleiner Teil davon. Unter dem Balkon befanden sich zwei große, weiße Garagentore, die wie zwei Augen wirkten. Ein Mann mietete sie für seine Kutschen, die er wiederum an Reitställe oder für besondere Anlässe wie Hochzeiten verlieh. Wenn er kam, schaute ich von oben zu, welche er diesmal herausholte. Wir hatten auch eine Garage, aber die war eigentlich ein Holzschuppen. An unser Haus grenzten zwei aneinander gereihte, gelbe Häuser. In dem einen wohnte eine Familie ganz alleine. Das andere Haus bestand aus mehreren Wohnungen. Ich war in beiden nur ein-, zweimal gewesen. Meistens traute ich mich nicht hinein. Das Stiegenhaus war groß, alles aus dunklem Holz. „Das hat mal zu der Firma gegenüber gehört", erklärte mir Marcel. „In den Werkstätten haben Menschen früher richtig gearbeitet. Jetzt gibt es nur mehr die Büros für die Faulen." Die alten Werkstätten wurden später vom Land zu Wohnungen umgebaut. Deshalb wohnten wir in Häusern, die von außen keinen Sinn ergaben. Briefträger, die neu in der Gegend waren, kannten sich nie aus. Die Post landete dann bei verschiedenen Nachbarn und wurde von Haus zu Haus hin- und hergetragen.

Nachdem ich einen Sommer lang im Hof meine Runden auf dem Fahrrad gedreht hatte, entfernte Marcel gegen Ende der Ferien die Stützräder. Er sagte: „So, und jetzt fahr wie ein normaler Mensch." Ich hielt die Lenkstange und wollte mich gerade auf den Sattel setzen, da kippte ich nach rechts. Das Rad lag auf mir. „Probier es halt noch einmal", sagte Marcel. „Nein, ich will nicht mehr." –

„Geh, jetzt stell dich nicht so an." Ich weinte. Das Rad erschien mir plötzlich viel höher als sonst. Je länger ich es anschaute, desto mehr wuchs es. Es war beinahe schon so groß wie Marcel. Und es wackelte. „Ich fahre damit nicht." Marcel ließ mich mit dem Fahrrad liegen und ging nach oben.
Als Marcel am nächsten Tag bemerkte, dass das Fahrrad immer noch da lag und ich es nicht in den Schuppen gestellt hatte, war er wütend. „Glaubst du eigentlich, das Geld wächst auf den Bäumen? Und wenn es jemand gestohlen hätte?" Ich beantwortete seine Frage nicht. Ich hatte noch nie gehört, dass Geld auf Bäumen wachsen könnte oder dass jemand auch nur glaubte, dass das möglich war. Ich dachte an Kastanienbäume, deren große Blätter die Form von Scheinen hatten, und an Kastanien, die aussahen wie Münzen. Wenn man im Herbst eine Kastanienallee entlangging, konnte es passieren, dass einem eine Kastanie auf den Kopf fiel. *Pong*. Sicherlich genauso hart wie eine Ein-Euro-Münze. Oder sogar eine Zwei-Euro-Münze. Man müsste es testen. „Hörst du mir zu?", schrie Marcel jetzt. „Du kannst froh sein, dass du überhaupt ein Fahrrad bekommen hast!" Ich nickte. „Als ich klein war, hat mir niemand eines gekauft." Marcels Gesicht war knallrot.

„Wenn du Fahrrad fahren könntest, wären wir schneller", sagte Marcel. „Was ich wegen dir an Zeit verplempere." Er hatte mich nicht in die Schule bringen wollen. Als Mama ihn noch vor ihrer Gehirnblutung darum gebeten hatte, sagte er: „Die kennt den Weg doch eh." – „Und wenn ihr was passiert? Denk an das Mädchen, das sie schon so lange suchen." – „Geh, hab dich nicht so." – „Die eigenen Kinder helfen einem nicht", sagte Mama. Marcel fühlte sich schuldig und brachte mich doch in die Schule.

„Warum fährst du mich nicht mit dem Auto, wenn du keine Zeit hast?" – „Spinnst du?" Er ging weiter, ohne sich nach mir umzudrehen. „Für so eine kurze Strecke sicher nicht. Wir Billigsdorfers sind ja schließlich nicht faul." Ich fragte mich, warum Marcel so wenig Zeit hatte. Er hatte sich ein paar Tage freigenommen. Nicht freiwillig. Laut seinem Chef musste er Urlaub nehmen. „Nichts ist mehr gut genug, auch arbeiten zu wollen ist neuerdings etwas Schlechtes", hatte Marcel die ganze Woche gesagt, wenn er nicht gerade an etwas herumbastelte. Er war Handwerker und wollte ständig etwas reparieren oder verbessern. „Willst du so dick und faul werden wie die Nachbarskinder? Du setzt eh schon an." Marcel drehte sich ruckartig um und zwickte mich in den Bauch. Ich machte zwei Schritte zurück und stolperte dabei über meine eigenen Füße. „Komm jetzt, ein bisschen zackig!" Ich versuchte, mit Marcel Schritt zu halten. Wir waren mittlerweile am Ende der Allee angelangt und mussten die Straße überqueren. Ich drängte mich an Marcel vorbei. „Ich, ich, ich", rief ich. Ich drückte den Ampelknopf. Genau in dem Moment machte es *platsch*. Auf meiner Hand landete ein grauweißer Batzen, eine Flüssigkeit, die auf einer Seite fester war als auf der anderen. Die anfing, über meine Hand zu laufen und sich zu verschmieren. Ich merkte erst jetzt, dass mir Tränen über die Wangen liefen. Ich schrie. Hinter mir machte es *pscht.* Marcel zog ein angeschnäuztes, zu einem kleinen Kügelchen geformtes Taschentuch aus seiner Hosentasche. „Was schreist denn gleich so?“, fuhr er mich an. „Vogelschiss bringt Glück.“ Ich schaute ihn entgeistert an. Die Taubenkacke war mittlerweile weg, aber ich spürte den Fleck noch immer auf meinem Handrücken. Vorsichtig tastete ich mit dem Finger die Stelle ab. „Ich spüre die Ränder der Vogelkacke noch“, sagte ich. „Das bildest du dir ein.“ Marcel zog mich am Arm weiter. Wir hatten die Grünphase der Ampel gerade verpasst und gingen jetzt bei Rot. Mir fiel ein Lied ein, das wir im Kindergarten im Sitzkreis gesungen hatten. „Grün, grün, grün sind alle meine Kleider, grün, grün, grün ist alles, was ich hab, darum lieb ich, alles was so grün ist, weil mein Schatz ein Förster ist.“ Das *ö* von Förster musste man in die Länge ziehen. Man musste es hinauf- und hinunterbewegen. Die Berufe bei den anderen Farben passten besser zur Melodie. Feuer-wehrmann. Schorn-stein-feger. Aber Förster war zu kurz. Einmal hatte ich das *r* langziehen wollen. Während die anderen *Fö-ö-ö-rster* sangen, sang ich *Fö-r-r-r-ster.* Da merkte ich, dass Marcel schon auf der anderen Seite des Zebrastreifens angekommen war. Ich lief ihm hinterher. Wir mussten noch an ein paar baufälligen Villen vorbei, dann kam mein alter Kindergarten und ein paar Häuser später die Schule.

Vor der Schule, im Pausenhof neben dem Fischbrunnen, standen schon ein paar aus meiner Klasse. Meistens gingen wir durch den Hof und benutzten dann den Seiteneingang, obwohl es natürlich auch einen richtigen

Haupteingang gab. Über dem Seiteneingang stand zwar *Sonderschule*, aber man gelangte von da auch zu den anderen Klassen. „Ich geh rein", sagte ich Marcel. „Okay, tschüss!" Weg war er. Ich stellte mich zu den anderen aus der Klasse, traute mich aber nicht zu grüßen. „War das dein Papa?", fragte mich ein Bub. Ich schaute auf den Boden. „Nein, mein Bruder", flüsterte ich. „Warum bringt dich dein Papa nie?" Ein anderer fügte hinzu: „Meiner führt mich immer mit dem Auto." Es hatte sich ein kleiner Kreis gebildet. „Ich habe deinen Papa noch nie gesehen", sagte ein Mädchen. Bei *noch nie* hob sie die Stimme an, das *ie* zog sie lang. „Ich habe keinen Vater." – „Sind deine Eltern geschieden?" – „Nein." Ich wusste, dass Mama mit meinem Vater nicht verheiratet gewesen war, also konnten sie nicht geschieden sein. Früher hatte ich Mama oft beim Telefonieren belauscht, als sie ihn flüsternd bat zurückzukommen. Die Gespräche waren schnell beendet. „Mein Papa kommt nur am Wochenende", sagte das Mädchen jetzt. „Holt dich dein Papa am Wochenende ab?", fragte der Bub. „Nein", antwortete ich. „Voll komisch", kommentierte das Mädchen. Der andere Bub lachte und sagte: „Haha, dein Vater hasst dich." Alle lachten. Das Mädchen sagte: „Stellt euch vor, die Nachbarn kennen ihren Vater besser als sie selbst."

2

Meine Füße baumelten rechts und links von Mamas Bauch herab. In der rechten Hand hielt ich eine Pinzette. Mamas Augen waren geschlossen. Ihr Bauch bewegte sich langsam auf und ab. Sobald ich ein Barthaar erwischte, zuckten ihre Augenlider. Dann schlief sie wieder ein und begann zu schnarchen. Wenn ich sie weckte, sagte sie: „Was ist denn?" – „Du schläfst!" – „Das stimmt ja gar nicht." Seit der Operation war Mamas Nase krumm. Kurz vor der Nasenwurzel bog sie plötzlich nach links ab, als hätte sie jemand an der Seite hochgezogen, die Haut ein paar Mal herumgewickelt und nicht wieder glattgebügelt. Mamas Stirn glänzte. Sie schwitzte und nahm das Tuch auf ihrem Kopf ab. Das Muttermal, das früher von Haaren bedeckt war, lag jetzt frei. Mama hatte eine Glatze. Ihr Kopf war eine Anordnung aus Rechtecken, Dreiecken und Ovalen, die durch rote Striche miteinander verbunden waren.

Es sei eine angeborene Fehlbildung im Gehirn gewesen, hatte der Arzt gesagt. Im Alter von vierzig Jahren mache sich das oft bemerkbar. Mamas Erinnerung war vom Zeitpunkt der Aufnahme ins Krankenhaus an wie weggeblasen. So auch der Hubschrauber-Flug, von dem Anja erzählte. Dass sie sich an gar nichts erinnern konnte, stimmte genau genommen nicht. Nur nicht zusammenhängend. Sie erinnerte sich daran, dass sie von der Rettung nicht mitgenommen werden wollte. Dass sie gesagt hatte, dass das nicht ging, weil sie ein Kind zu Hause hatte. Dann erinnerte sie sich an etwas, für das die Ärzte einen komischen Ausdruck hatten. Dabei wurde ihr über einen Schlauch eine Flüssigkeit in die Ellenbeuge gespritzt. Mama war zweimal operiert worden. Erst hatten sie den Kopf neben dem Muttermal aufgeschnitten und die Blutung mit einem Staudamm gestoppt. Ich stellte mir vor, wie Mamas Muttermal den Ärzten den Weg gewiesen hatte. Hier lang, hier öffnen. Bei der zweiten Operation hatte Mama einen Luftballon in den Kopf bekommen. Die Zeichnung des Arztes hatte sie aufbewahrt. Sie lag bei ihren wichtigen Unterlagen. Erst wurde ihr der Luftballon eingesetzt, dann wurde er aufgeblasen. Der Arzt sagte, er werde Mama vor weiteren Blutungen schützen. Ich fragte mich, wie sicher das sein konnte, wo ein Ballon doch so dünn war und schon mit einer Nähnadel zum Platzen gebracht werden konnte. Außer natürlich man ummantelte die Stelle, in die gestochen werden würde, mit Tesafilm. Ein Trick, den mir Tobi in der Schule gezeigt und den er aus einem Mickey-Maus-Heft hatte. Ich stellte mir vor, wie jemand Mamas Luftballon zum Platzen brachte. Durch ein Schimpfwort, einen Schrei, ein Ich-esse-meine-Suppe-nicht wie in *Struwwelpeter. Plack*. Die Vorstellung legte sich mir in den Bauch. Sie kribbelte. Sie stieg hinauf in meine Brust. Verschloss mir den Brustkorb und drückte mir auf den Hals. Sie stieg weiter in den Kopf. Verscheuchte alle anderen Gedanken. Stieg wieder hinunter, diesmal in die Blase. Machte den anderen Arbeit, weil mein Bett am Morgen nass war. „In dem Alter noch ins Bett machen“, sagte Marcel. „Ist dir das nicht peinlich? Das braucht jetzt gerade niemand!“

Woran sich Mama noch gut erinnerte, waren die Schmerzen am Tag der Gehirnblutung. Als sie aufgestanden war und sich der Schmerz von hinten über ihren Nacken seinen Weg den ganzen Kopf hinauf bis nach vorne zur Stirn gebahnt hatte. Früher verstand ich diesen Ausdruck nicht. Was hatte die Bahn mit einem Weg zu tun, und warum sollte man mit der Bahn einen Weg erkunden, den es nicht gab? Jetzt verstand ich, dass der Weg der Schmerz war. Wie ein Pfad aus Kieselsteinen, über den man im Sommer barfuß ging und ordentliche Schmerzen bekam, wenn sich Steinchen in die Ferse bohrten und kleben blieben. „Hat es so arg wehgetan wie das?“, fragte ich. „Stärker“, sagte Mama. Sie sagte immer nur *stärker*. Ich versuchte mir vorzustellen, wie viel stärker Mamas Schmerz gewesen war. „Tat es so weh, wie wenn man mit der Hand auf die heiße Herdplatte greift?“ – „Das ist nix im Vergleich.“ Einmal hatte ich auf die Herdplatte gegriffen, obwohl es mir Mama verboten hatte. Erst spürte ich gar nichts, aber nach ein, zwei Sekunden breitete sich ein höllisches Brennen über die ganze Handoberfläche aus. Ein Schmerz, der ewig nicht wegging, obwohl ich sofort die Hand weggezogen hatte. Den Abdruck von Mamas Watsche fühlte ich noch viel länger als die heiße Herdplatte. Vielleicht war Schmerz auch eine Erinnerung, die man nicht loslassen konnte.

Am Morgen, noch bevor ich aufstand, schlug sich Mama eines der bunten Tücher um den Kopf. Einmal, als ich schon sehr früh aufs Klo musste, hatte ich sie dabei beobachtet. Die Tücher hatte sie von Anja bekommen. Sie sollten einen fröhlichen Eindruck machen. Ich wusste, dass sie sie nur wegen mir aufsetzte, weil ich mich im Krankenhaus so erschrocken und angefangen hatte zu weinen. Es sah ein bisschen so aus, als würde sie sich für den Fasching verkleiden. Da Mamas Mundwinkel im Gegensatz zu ihrer Nase, die nach links abbog, auf der rechten Seite nach unten hing, erinnerte sie mich an einen Clown, den wir im Zirkus gesehen hatten. Er schnitt Grimassen mit seinen großen, geschminkten Lippen und tat so, als würde er weinen. *Buhu. Buhu.*

Mama war jetzt immer müde. Während sie früher die ganze Zeit herumlief, hin und her, auf und ab, bewegte sie sich jetzt nur mehr zwischen Bett, Klo und Couch. Nach dem Frühstück schlug sie die Zeitung auf, aber sie sah nicht mehr scharf genug und hatte es noch nicht geschafft, zum Optiker zu gehen. Dass sie jetzt auch noch eine Brille tragen sollte, sah sie gar nicht ein. Wo sie ohnehin schon so entstellt war. Wenn sie nicht mehr wollte, zog sie sich Fuß für Fuß die Schlapfen aus und schwang ihre Beine eines nach dem anderen auf die Couch. Dann faltete sie die Hände ineinander und starrte auf das Foto an der Wand gegenüber, dann an die Decke. Stunden verharrte Mama fast bewegungslos in dieser Position. Bis Anja kam und ihr sagte, sie müsse sich bewegen, sie müsse Stiegensteigen trainieren, lesen üben, damit das flüssiger ging. Dann legte Mama eine Hand an ihre Stirn, und ein tiefes Seufzen kam aus ihrem Mund.

Mama war schon immer anders gewesen als andere Mütter. Älter als die meisten anderen, und ihre Wangen waren nicht so rosig. Kein Gold an ihrem Hals, ihren Fingern und Ohren. Mama war kleiner. Mama war langsamer. Jetzt erst recht. Sie konnte sich weniger gut ausdrücken. Sie hatte keine Haare. Ihr Kopf war nicht mehr ganz. Sie war wie eine Socke mit Loch, das gestopft worden war. Sie schlief mehr als andere Mamas. Manchmal wünschte ich mir eine andere Mama. Eine Mama mit langen Wimpern und pinken Wangen und roten Lippen und Armreifen und langen Haaren und Beinen und einem Mann. Eine mit kreischendem Lachen und einem engen Kleid. Eine mit Wespentaille und hohen Absätzen. Eine, die keine ergonomischen Schuhe trug und Arzttermine hatte. Eine, die keine Pillen schlucken musste. Eine, die keinen zu hohen Blutdruck hatte und epileptische Anfälle bekommen konnte. Ich müsse jetzt viel Rücksicht nehmen, damit Mama sich erholen könne, hat Anja zu mir gesagt. Das könne noch eine Zeit dauern.

Ich dachte an Tobi und seine braunen Augen, die dieselbe Farbe hatten wie Mamas. Seine langen Wimpern. Jeden Tag gingen wir gemeinsam von der Schule nach Hause. Tobis Vater war Tierarzt, nicht für Hunde und Katzen, sondern für große Tiere wie die vom Bauern. Er musste Kühe fortpflanzen und spritzte dafür Stiersamen in weibliche Kühe, erzählte mir Tobi. Sein Vater sei auch schon von einem Stier getreten worden. Tobis Vater imponierte mir. Er hatte einen langen Bart, war von großer Statur und unternahm Dinge mit seinem Sohn. Er hatte sogar dabei geholfen, einen Pool im Garten zu bauen. Ob ich einmal zum Schwimmen kommen möchte, hat Tobi mich gefragt. „Mama, wann kann ich zu Tobi in den Pool?“, gab ich die Frage weiter, kaum war ich zu Hause angekommen. Tobi meinte, meine Mama solle seine anrufen. Ich überredete Mama. Sie schwang ein Bein nach dem anderen von der Couch auf den Boden und stapfte zum Telefon. Die Schlapfen schleiften dabei auf dem Teppichboden. Mama wählte und räusperte sich ein paar Mal. Als sich Tobis Mutter am anderen Ende der Leitung meldete, nannte Mama ihren Namen. Es war, als würde sie Buchstabe für Buchstabe auffädeln, bis eine Kette daraus entstand. Ob die Charlotte kommen könne. Der Tobi hätte ihr vom Pool erzählt und sie würde so gern. Schallendes Lachen am anderen Ende der Leitung. Es sei doch viel zu kalt für den Pool. Den hätten sie derzeit abgedeckt. Sie solle in zwei bis drei Monaten wieder anrufen. Noch bevor sich Mama bedanken und verabschieden konnte, hatte Tobis Mutter aufgelegt. Mama trottete zurück zur Couch. „Du, Charlotte…“ – „Ich hab's mitgehört.“

Ich holte mir ein Blatt Papier und zeichnete eine Prinzessin. Eine mit ausladenden Rüschenärmeln, einem weit ausgestellten Kleid und langen Haaren. Mama legte sich hin und sagte: „Weißt du, so kalt ist es gar nicht. Man kann jetzt schon schwimmen. Die wollen bestimmt nichts mit unsereins zu tun haben.“ Mamas Satz fuhr mir direkt ins Herz. Vielleicht hatte Tobi es gar nicht ernst gemeint. Vielleicht hatte ich ihm einfach geglaubt, wegen seiner schönen braunen Augen. Wir hatten keinen Pool. Nicht einmal einen echten Garten, nur einen aufgeschütteten Erdhaufen mit ein paar Tulpen. Das Haus, in dem Tobi wohnte, war dreistöckig. Ich hatte es gesehen, weil es direkt neben dem Fußballplatz lag, auf dem wir in Turnen Runden laufen mussten, wenn es warm war.

Mama blieb den ganzen Tag auf der Couch liegen. Nur für die Nacht wechselte sie ins Bett. Davor half sie mir in den Pyjama und legte mir am Morgen frisches Gewand bereit. Sie sagte: „Putz dir die Zähne.“ Dann ließ sie sich gleich wieder auf die Couch fallen. Sie lag mal auf der einen Seite, mal auf dem Rücken mit den Händen auf dem Bauch, mal auf der anderen Seite. Mal versuchte sie Kreuzworträtsel zu lösen. Aber das gelang ihr nicht alleine, und deshalb schaute sie bei jeder Frage in ihr großes *Kreuzworträtsel-knacken*-Lexikon. Wenn Mama es nicht schaffte, rechtzeitig aufzustehen, gab es weichgekochte Spaghetti mit Bolognese-Sugo vom Spar. Die Nudeln waren so weich, dass ich sie mit der Gabel zerdrücken und zu Suppe machen konnte. Fleischsuppe. Ich lachte. Ich hatte ein neues Gericht erfunden. Mama sagte nichts. Sie nahm bloß den Löffel in die linke Hand und die Gabel in die rechte und wickelte die Nudeln um die Gabel. Der eingerollte Nudelberg wurde beinahe faustgroß. Mama schob ihn sich in den Mund und kaute darauf herum. Ich verwendete nur eine Gabel. Ich hatte gehört, dass feine Leute das so machten. Die Nudeln, die herabhingen, sog ich wie Wasser durch einen Strohhalm ein, sodass rechts und links die Sauce auf meine Wangen spritzte.

Einmal sagte Anja zu Mama: „Du hast Anspruch auf eine Haushaltshilfe.“ Anja half ihr mit den Formularen, und bald kam mehrmals die Woche eine Frau zu uns. Die fremde Frau staubsaugte und kochte. Mama mochte sie nicht. Wenn es läutete, sagte sie: „Jetzt kommt die Tussi wieder.“ Es gab jeden Tag Nudeln mit einer anderen Sauce. Wenn Mamas ehemalige Arbeitskolleginnen auf Krankenbesuch kamen, machte Mama Apfelstrudel. Mama saß die ganze Zeit. Nach ein oder zwei Stunden fielen ihr die Augen zu. Sie stemmte die Lider auf, sie fielen wieder zu. Irgendwann klatschten die Gäste ihre Hände auf die Knie und sagten: „So." Dann standen sie auf und trotteten davon. „Immerhin hast du so ein braves Kind", sagten sie. Und: „Na schau." Ich lag auf dem Teppichboden unter dem Tisch und malte. Mich in einem Schloss und mich mit einem Pferd an der Leine und mich umringt von einer Familie. Vor der Haustüre fand die Verabschiedungszeremonie statt. Mamas Freundinnen wünschten ihr alles Gute und sagten: „Bald geht es bergauf." Und Mama wünschte ihrer Freundin, deren Mann ins Freudenhaus ging, wie ich mitgehört hatte, auch alles Gute und sagte: „Bald besinnt er sich auf das, was wirklich wichtig ist. Auf die christlichen und die inneren Werte." Nachdem die Freundinnen gegangen waren, führte Mama ihr Geisterleben fort. Sie schlich zur Couch, legte sich hin. Sie schlich in die Küche. Schlich aufs Klo. Sie schlich zurück ins Wohnzimmer und zog die Vorhänge zu. Sie hielt sich mit einer Geisterhand den Kopf und starrte mit verschwommenem Blick vor sich hin. Ich lugte an den Vorhängen vorbei hinaus auf den Eschenberg. Davor der größte Wohnkomplex der Stadt, das erste Hochhaus. Dann die Landstraße, die hinter den Hügeln verschwand. Immer wieder ein Auto. Ein blaues, ein graues, ein schwarzes. Meistens Familienwägen. Oft alte Modelle. Zwischendurch Teenager auf Mopeds.

In einem der Autos saß bestimmt mein Vater. Ich würde ihn in exakt dem Moment erwischen, in dem er vorhatte, uns abzuholen und zu sich auf die Alm zu bringen, wo wir mit seinen Hirschen und Hasen leben würden. Die Gesichter hinter den Lenkrädern verschmolzen zu einem Gesicht und vermengten sich mit Männern aus der Fernsehwerbung. Ich wusste nicht, wie mein Vater aussah, aber ich wusste, dass er schön war. Er stieg aus dem Auto aus und ging auf unser Haus zu. Mein Vater hatte den Gang des Schauspielers aus *Pretty Woman*. Dann wieder den des Kaisers Franz aus den *Sissi*-Filmen, die zu Weihnachten liefen. Mein Vater hatte dieselben Haare wie der Dirigent aus *Das doppelte Lottchen*. Das nächste Auto kam. Mein neuer Vater würde die Tür aufreißen, und Mama wäre auf einmal nicht mehr ein Geist, sondern ein Filmstar. Würde sich die Schlafmaske hinaufschieben und in ihre Stöckelschuhe schlüpfen. Sich die Dauerwelle schütteln und rosa Lippenstift auftragen. „Hallo, Liebster", würde sie sagen. Und er würde sie in einen Filmkuss verwickeln.

Mama wurde von ihrem eigenen Schnarchen wach und ließ meinen Vater sich in Luft auflösen. Ich kroch unter den Tisch, dessen dickes Bein zur Insel wurde und meine Hand zur Schwimmerin, die sich an Land zog. Der gemusterte Teppichboden verwandelte sich in einen Waldweg mit Wurzeln, Steinchen und Moos. Schatten wurden zu großen Felsen und lichte Stellen zu Baumkronen. „Du, Mama", sagte ich. „Warum kommt mein Papa eigentlich nicht?" – „Weil er nicht will." – „Aber warum habt ihr mich dann bekommen?" –„Weil ich dich wollte."

Marcel kam von der Arbeit nach Hause und wusch sich zuerst die Hände mit Bröseln aus einer Dose, die schmierig waren und trotzdem Fett entfernten. Dann sagte er zu Mama: „Das wird auch nicht besser, wenn du es noch länger draußen verwittern lässt." Mama sollte nicht mehr Autofahren. Er könne ihr den Führerschein nicht abnehmen, aber er rate davon ab, hatte der Arzt gesagt. Mamas Reaktion war verlangsamt. Sie hatte im Krankenhaus einen Test gemacht. Sie könne jetzt einen Behindertenausweis beantragen. „Da steht dann drin, dass ich zu fünfzig Prozent behindert bin", sagte Mama. „Du Behinderte", hörte ich die Buben aus meiner Klasse rufen. „Was bist du denn so behindert! Sei doch nicht so behindert." Ich stellte mir Tobi vor, wie er meine Mama auslachen würde. Wie er sich mit den anderen Buben in eine Reihe stellen würde und wie sich seine warmen, braunen Augen in kleine Schlitze verwandeln würden. Seine langen Wimpern würden nach oben gerichtet sein. Tobi würde so tun, als kenne er mich nicht und als gingen wir nicht täglich miteinander nach Hause. Nach der letzten Stunde würde er seinen Rucksack packen, aufspringen und hinauslaufen. Der Pool war geschlossen.

3

„Wo ist denn die Gerda?“, fragte mich Marcel beim Frühstück. Dabei zog er seinen rechten Mundwinkel nach oben. Dann schaute er Anja an und lachte. Marcel lachte mit Pausen. Er machte einen Laut, eine Pause, einen Laut und wieder eine Pause. *He. Mh. He. Mh. He. Mh.* Ich setzte mich auf meinen Platz und wartete darauf, dass Anja mir die Schüssel mit Milch und Schokokugeln hinstellte. Sie aß meistens bunte Kringel, die nach Zucker schmeckten. Jede Farbe stand für ein bestimmtes Obst, und auf der Packung servierte ein Papagei diese Kringel. Ich mochte Schoko am liebsten, denn am Ende färbte sich die Milch braun, und man hatte Schokoladenmilch. „Charlotte, such die Gerda!“ Marcel grinste mich an. Ich starrte auf die Schokokreise, die auf der Milch schwammen. Versuchte, sie mit dem Löffel nach unten zu stupsen, aber sie tauchten wieder auf. Ich drehte mit meinen Schokofiguren Kreise in der Milch. „Wo hast du denn die Gerda gestern hingelegt?“, fragte Marcel. Ich drehte mich um und schaute zu Mamas alter Magnesiumtabletten-Schachtel, die auf dem Radio lag. Gestern hatte ich Gerda zum Schlafen dort hineingelegt. Normalerweise schliefen die Puppen in meinem Zimmer, aber Gerda war bei Mama in der Puppenklinik. Dort kamen Puppen hin, denen etwas fehlte. Wenn sie Zeit hatte, pflegte Mama sie gesund. Sie saß dann mit einem Sekundenkleber da und klebte abgerissene Körperteile an. Für Gerda wollte sie sogar Kleidung nähen, denn sie hatte keine.

Von Gerda hatte ich zunächst nur ihren Fuß gesehen, der aus dem Mistkübel ragte. Der Fuß fiel mir sofort auf, denn er war nicht glatt wie andere Puppenfüße. Wenn ich mit der Fingerkuppe darüberstrich, konnte ich die Plastikfalte in der Mitte spüren. Ein Arm war ausgekugelt, und Gerdas Haare waren an manchen Stellen ganz kurz geschnitten. Sie tat mir leid. Ich verstand nicht, warum man sie ausgesetzt hatte. Sie war ganz allein und hatte niemanden. Ich nahm sie in meiner Jackentasche mit und zeigte sie Mama zu Hause. „Das kann man schon noch richten“, hatte sie gesagt.

Ich kletterte auf die Küchenzeile und schaute in die Schachtel. Gerda war weg. *He. Mh. He. Mh.* „Ja, wo ist denn die Gerda?“ Marcel schaute Anja an und grinste. „Wo ist sie nur?“ Ich lief in mein Zimmer. Auch da war sie nicht. Ich lief zurück in die Küche und schaute Anja hilfesuchend an. „Deine Milch wird kalt“, sagte sie. Ich öffnete die Kühlschranktür. „Gerda?“ Hinter mir hörte ich Marcels Lachen. „Ganz kalt“, sagte er. Ich spürte, wie sich mein Blick verwässerte. Ich blinzelte ein paar Mal, um die Tränen zurückzuhalten. Ich drehte mich um. „Was hast du mit Gerda gemacht?“ Marcel blickte demonstrativ in eine bestimmte Richtung. „Gerda!“, rief ich. Gerdas Kopf schaute aus dem Mistkübel heraus. Ich packte sie und streichelte ihr übers Gesicht. „Arme Gerda!“ „Die Gerda ist für die Tonne“, sagte Marcel. „Dann bist du auch für die Tonne!“ Marcels Kopf lief rot an. Er schnappte sich meine Milchschüssel und schmiss sie in die Abwasch. Ich schaute zu, wie die Milch langsam abfloss und der braune Matsch, zu dem die Schokokreise geworden waren, den Abfluss blockierte. Ich wollte ihn dennoch aufschlecken, aber Marcel drängte mich weg. „Lass das jetzt.“ Ich ging mit Gerda in Mamas Schlafzimmer. Streichelte ihre kurzen Haare und versuchte, ihren Arm wieder anzustecken, aber es gelang mir nicht. Das Plastik war an der Stelle verformt, der Arm hielt nicht. Ich zog einer anderen Puppe ein schönes Kleid aus und versuchte, es Gerda anzuziehen. Doch Gerda hatte eine andere Figur als die andere Puppe. Sie passte nicht hinein. Ich dachte daran, was Marcel gesagt hatte. *Für die Tonne.* Ein anderes Kind musste zuvor beschlossen haben, Gerda die Haare abzuschneiden, ihr den Arm auszureißen und sie dann in die Mülltonne zu werfen, mit dem Kopf voran. Ich versuchte, mir dieses Kind vorzustellen. Laut Mama gab es gute und schlechte Puppenmamas. Gut waren die, die ihr Puppenkind immer wieder auf den Arm nahmen, es ordentlich anzogen und ihm zu trinken und zu essen gaben. Schlecht waren die, die ihre Puppe hinter sich her schleiften, in den Sandkasten mitnahmen oder grob mit ihr umgingen. „An einer Puppe zeigt sich, wie man später als Mama sein wird“, meinte Mama. Puppenpapas gab es nicht. Wenn ein Bub seiner Schwester kurz mit der Puppe helfen sollte, sagte er *Wäh* und rannte davon. Oder er hielt sie nur wenige Sekunden lang und warf sie ihr zurück. Wenn es Puppenpapas gäbe, wären sie sicher schlecht. Es wären Papas wie mein Vater.

Ich bemühte mich, eine gute Puppenmama zu sein. Ich hatte mir sogar von Mama aufschreiben lassen, wie oft das Kind zu stillen war. Nachts ließ ich das aber aus. „In diesem Fall brauchst du das nicht so genau nehmen", sagte Mama. Eine Puppe kann ja nicht schreien. Die Puppenmama, die Gerda so behandelt hatte, war jedenfalls eine schlechte Puppenmama. Ich fragte mich, ob sie viele Puppen hatte und es ihr deshalb egal war, eine loszuwerden. Ich würde mich besser um Gerda kümmern. Erst würde ich sie in die Puppenklinik geben. Dort würde Mama sie zusammenflicken und ihr aus Stoffresten neue Kleidung nähen. Über Nacht würde sie sich in eine schöne Puppe verwandeln. Dann würde ich Gerda mit auf den Spielplatz nehmen, und die alte Puppenmama würde neidisch werden.

4

„Heute ist es so weit", sagte Anja eines Tages. Vor einiger Zeit hatte sie angekündigt, dass sie bald nicht mehr hier wohnen würde. Ich hatte es unter jenen Dingen eingereiht, die Erwachsene zwar sagten, aber nicht machten. Anjas Cremes und Salben waren in den Kulturbeutel geschlichtet und in den Koffer gepackt, der jetzt im Kofferraum zwischen den Lautsprecherboxen verstaut wurde. Ich fragte mich, wann sie das gemacht hatte. Vielleicht am Vormittag, während ich in der Schule war. Oder am Abend, als ich schon im Bett lag. „Das ist auch gut für dich", erklärte Anja. Ich schaute sie an, wie sie sich ihr Stirnband mit den Pailletten zurechtrückte und das T-Shirt in die Jeans schob. „Es ist sowieso zu eng geworden hier." Über kurz oder lang bräuchten wir mehr Platz, jetzt, wo ich schon ein großes Mädchen sei. Ich sah aus Anjas Ohren Nacktschnecken kriechen, die sie mit Schleim überzogen. Wenn sie sich an eine Wand lehnte, würde sie festkleben. „Deshalb beginne ich jetzt eine Lehre in Deutschland", fuhr Anja fort. Mama fasste mich am Rücken und schob mich vor sich die Stiege hinunter. Wir sollten uns von Anja verabschieden. Mama kramte nach ihrem Stofftaschentuch. Ich hatte ein Papiertaschentuch mit. Anja saß schon im Auto und öffnete das Fenster. Sie streckte ihren linken Arm heraus, in der Hand ebenfalls ein Papiertaschentuch. Die rechte Hand hielt das Lenkrad. Sie fuhr los. Wir winkten. Ich rannte dem Auto hinterher, bis es unten an der Straße angekommen war, wo es links abbog. Ich wedelte mit meinem

Taschentuch, bis das von Anja nur mehr ein kleiner, weißer Punkt war und in der nächsten Kurve verschwand.

Ich erbte Anjas Bett und Anjas Kuscheldecke. Das Steffi-Graf-Poster warf ich weg. In die Schubladen kamen meine Puppen und die Puppenkleidung. Manchmal fragte ich Mama, ob sie die Leiter ausklappen könnte, damit ich auf den Dachboden steigen konnte. Das tat sie nur, wenn sie gut aufgelegt war oder wenn sie selbst etwas von dort brauchte. Einmal oben, kam sie meistens nicht so schnell wieder herunter, da sie versuchte, einigermaßen Ordnung in das Chaos zu bringen. Marcel hatte sich eine Ecke mit seinen Schallplatten und Comic-Heften eingerichtet, und Anja hatte ihre alten Sachen, die sie später holen wollte, dazugestellt. Verteilt über den ganzen Dachboden standen Säcke mit alten Schuhen. An die Längsbalken im hinteren Teil waren Matratzen von den verstorbenen Großeltern gelehnt. Anja wollte sie nicht wegwerfen, weil sie, wie sie sagte, *urig* seien. „Das ist ein anderes Wort für alt“, erklärte sie mir. Anja hatte nur eine halbe Nacht darauf geschlafen und war dann wieder auf ihre Matratze gewechselt. Die Matratzen der Großeltern waren durchzogen von großen Springfedern, die sich einem in den Rücken bohrten. Man musste sich so hinlegen, dass man die unangenehmsten Druckstellen vermied. Selbst ich konnte nicht bequem darauf liegen. Es drückte mir in den Kopf oder in den Hintern. Es waren die Hirschkäfer, die – so stellte ich mir vor – in der Matratze hausten. Die sich nachts mit ihrer Hartglanzschale gegen einen drückten und dann ihre Fühler bewegten. Wenn sie im Sommer draußen am

Balkon landeten, bewunderte ich ihren grünen Panzer. Ich streckte meinen Zeigefinger nach ihnen aus. Sobald ich das Glitzergrün berühren wollte, zuckten sie mit den Flügeln und flogen davon. Ich versuchte, sie auf meine Handfläche zu locken, aber sie untersuchten sie nur mit ihren Fühlern und weigerten sich hinaufzukrabbeln. Am liebsten hätte ich sie eingesperrt, damit ich sie berühren konnte, wann immer ich wollte. Zum Glück hatten sie sich selbst etwas überlegt. Waren in Omas und Opas alte Matratze gezogen, um mich nachts zu umarmen und mit ihren Fühlern zu tätscheln und zu sagen, dass alles in Ordnung war. Zwei Nächte durfte ich auf der Matratze schlafen, bis Mama sagte: „Damit ist jetzt Schluss." Die Matratze musste wieder nach oben getragen werden, sie war nur für Notfälle oder schlechte Zeiten da.

Seit Anja ausgezogen war, roch es bei uns zu Hause nach Erde. Mirjam wies mich darauf hin. „Du riechst nach Erde", sagte sie. Erst dachte ich, sie meinte einen angenehmen Waldgeruch, jedoch: „Nicht nach Tannennadeln, mehr, wie wenn man in der Erde herumgräbt. Ein bisschen nach Moos." Ich erzählte Mama, dass es bei uns nach Erde riechen würde, und sie sagte: „Blödsinn, Erde riecht nicht." Ich ging in Anjas altes Zimmer, das zu meinem geworden war, und machte einen tiefen Atemzug. Und da sah ich sie, die Erdteilchen in der Luft, die sich beim Umtopfen ihrer Zimmerpflanzen selbstständig gemacht hatten und jetzt im Raum herumschwirrten. Mein Zimmer war aus Erde gemacht. Als hätte man wie im Werkunterricht einen Block Ton genommen, ihn mit Draht zurechtgeschnitten und eine Öffnung herausgekratzt. Dann einen Schreibtischstuhl aus Ton, einen Tontisch und ein getöpfertes Bett hineingestellt. Den Geruch kriege ich niemals raus, dachte ich. Er war in mir drin. Das konnte nicht gut sein. Im Fernsehen hatte ich gesehen, dass die Staublunge eine der ältesten Krankheiten überhaupt war und bei Bergleuten vorkam. In der Sendung besuchten sie Menschen, die ganz viel husteten. Ich dachte an Schneewittchen und die sieben Zwerge. *Hei-ho, hei-ho, wir sind begnügt und froh. Klink, klink, klink, klinkklinkklink.* Wie sie alle hustend in ihren Betten lagen und Schneewittchen die Rettung rufen musste. Wie sie zu schwach waren, um allein aufzustehen, und Schneewittchen einen Zwerg nach dem anderen aufs Klo begleiten musste. Und was, wenn ein Zwerg frühzeitig starb? Dann müsste man das ganze Märchen in *Schneewittchen und die sechs Zwerge plus der eine, der frühzeitig starb* umbenennen. Und viel schlimmer noch: Was, wenn ich eine Erdlunge bekam? Was, wenn ich jahrelang die Erdpartikel einatmete und deshalb krank wurde?

Anja war jetzt in Deutschland. Nachdem sie in den Strom gekommen war, wollte sie etwas anderes machen. Das Ziel hatte für sie erst keine Rolle gespielt. Wenn man sie fragte, sagte sie, einfach nur weg. Ich stellte mir *weg* als einen Ort vor, an dem sich alle Leute versammelten, die einfach nur wegwollten. Wo man Dinge machen konnte, die es hier nicht gab. *Weg* war ein Ort, an dem alle als Einsiedler lebten und niemandem auf die Nerven gingen. Anja schrieb mir Briefe, die sie mit ganz vielen Aufklebern schmückte. Die schönsten schnitt ich mir aus, um sie wiederzuverwenden. Das hatte ich von Mama gelernt.

Wenn sie Weihnachtspost bekam, schnitt sie die schönsten Sterne- und Christkindl-Aufkleber aus und bewahrte sie für das nächste Jahr auf. Am liebsten waren ihr nicht abgestempelte Briefmarken. Die löste sie vom Kuvert herunter, klebte sie mit Uhu auf den neuen Brief und sparte sich die Versandkosten. „Das sieht man", sagte ich zu ihr. Viel schlimmer war es bei den Aufklebern. „Geh", sagte Mama dann, „das fällt niemandem auf." Besonders bei den Weihnachtssternen war die Wiederverwertung zu sehen, denn aus Angst, dass eine Sternspitze der Schere zum Opfer fiel, schnitt Mama großzügig um den Stern herum, sodass auch das Papier, auf dem er aufgeklebt war, erhalten blieb. Ich war da genauer, wenn ich die Aufkleber aus Anjas Briefen ausschnitt; schließlich verwendete ich sie für meine Brieffreundinnen weiter. Weil ich einen Diddl-Block hatte, den nicht viele hatten – und zwar den mit Käsegeruch –, konnte ich mir Blätter ertauschen und hatte immer neues Briefpapier.

Manchmal rief Anja zu Hause an. Dann wartete ich im Vorraum, bis Mama mir den Hörer weiterreichte, und telefonierte so lange mit ihr, bis Mama mit dem Finger auf ihr Handgelenk klopfte, um mir zu verdeutlichen, dass es Zeit war aufzuhören.
Mit Anjas Freund war es aus. Ich erzählte ihr, dass dafür ich bald einen hätte. Tobias. Wir gingen den ganzen Schulweg gemeinsam, und in Werken half er mir, das Laubsägeblatt einzuspannen. Das hasste ich, weil es mir immer zerriss. Ich verstand nicht, warum etwas, das dazu da war, andere Gegenstände zu zerteilen, so dünn und filigran sein konnte. Ich mochte Tobias. Er erzählte

mir Geschichten von seinem älteren Bruder, seinem Vater und den Tieren und seiner Musikkammer im Keller, in der er Schlagzeug spielte. Ich wollte auch ein Instrument lernen. Dann könnte ich mit Tobi über Musik reden. Musizieren. Das stand in der Zeitung unter den Fotos von Musikgruppen, vor allem im Advent. Schlagzeug war mir zu laut und zu unmelodisch. Ich wollte etwas lernen, womit man die Hauptmelodie spielen konnte. Geige wie André Rieu im *Musikantenstadl*. Wollte die Menschen mit meiner Musik zum Weinen bringen. Oder zum Lachen mit einem schnellen ungarischen Lied. Ich sagte Tobi, dass ich vermutlich bald mit der Geige beginnen würde, wenn Mama es mir erlaubte. Dass ich derzeit noch Blockflöte lernte, ließ ich aus. Mama hatte gesagt, ich sollte mal mit Blockflöte beginnen, und wenn es mir nach einem Jahr noch immer ernst war mit der Geige, dann sähen wir weiter. Ich quälte mich durch alle Fingergriffe, mit Vorzeichen und ohne. Rieb die Blockflöte mit der langen bunten Bürste trocken und fettete den Kork ein. Dabei dachte ich an Tobi und wie beeindruckt er sein würde, wenn ich Geige spielte. „Geht ihr miteinander?“, fragte Anja. „Ja, jeden Tag nach Hause“, sagte ich. Diese Frage hatte ich schon öfter gehört, und ich wusste nicht genau, was damit gemeint war. Miteinander gehen war extrem wichtig. Am anderen Ende der Leitung lachte Anja. „Nein, miteinander gehen heißt, zusammen sein.“ Das waren wir natürlich nicht. Tobi hatte mir noch keinen Zettel hinterlassen. Jeden Tag nach der Schule durchsuchte ich meinen Rucksack, ob nicht doch ein kleiner Zettel irgendwo versteckt war. „Wie schafft man es, dass jemand mit einem gehen will?“, fragte ich Anja.

„Das kann man nicht beeinflussen, das passiert einfach. Wenn beide einander toll finden, dann ergibt sich das." – „Aber woher weiß ich, ob er mich toll findet?" Anja seufzte. „Frag ihn halt einfach." Eine Dame fragt nicht, dachte ich mir. Das sieht verzweifelt aus. Mama hatte mir klargemacht, dass das immer vom Mann ausgehen musste. „Das ist schon längst nicht mehr so, wie die Mama sagt", erklärte mir Anja. Ich erzählte Mirjam davon und fragte sie um ihren Rat. „Schreib doch einfach einen Zettel", sagte sie. „Machen die Buben auch." Ich suchte nach einem passenden Diddl-Block und wählte einen, der zwar rosa war, aber nicht zu viele Herzen hatte. Falls die Antwort *Vielleicht* oder *Nein* war, wollte ich sie nicht auf einem Zettel voller Herzen zurückbekommen. Ich schrieb „Lieber Tobias! Wir gehen nun schon seit drei Monaten fast jeden Tag gemeinsam nach Hause. Außerdem mögen wir beide Tiere und schauen gerne Wissenssendungen. Willst du mit mir gehen?" Am Ende malte ich drei Kästchen. *Ja, Nein, Ich muss es mir noch überlegen.* Ich rollte den Brief zusammen und band ein Geschenkband drumherum. Ich war aufgeregt. Morgen, wenn ich von der Schule nach Hause kam, hatte ich vielleicht schon meinen ersten richtigen Freund.

5

In Marcels Plastikbox befanden sich sechs Nacktschnecken. Wenn er den Deckel öffnete, zogen sie die Fühler ein. In der kleinen Box war es eng. Eine Schnecke robbte über die andere und hinterließ einen weißlichen Film. Marcel zeigte mir seine Box mit Stolz. Er hatte die Schnecken unten im Garten und beim Stachelbeerstrauch gegenüber gesammelt. „Wenn du nicht willst, dass ich sie töte, dann muss ich sie einsammeln. Nicht, dass sie weiterhin den Garten zerstören“, sagte er. Marcel hatte aus einer alten Eiscremebox ein Nacktschneckenlager gebaut. „Wie lange, denkst du, überleben die Schnecken in einer geschlossenen Box?“, fragte er mich. „Gar nicht.“ – „Vielleicht mach ich noch ein paar Löcher rein.“ Mir grauste bei dem Gedanken, dass er die Nacktschnecken in sein Zimmer mitnehmen würde und sie dort ihre Schleimbahnen ziehen würden. „Stell dir vor, sie brechen aus der Box aus“, sagte Marcel. „Und kommen dann nachts zu dir ins Zimmer. Stell dir vor, sie robben sich an den Beinen des Bettes hinauf und kriechen dann über deine Arme und setzen sich auf dein Gesicht.“ Marcel nahm eine Nacktschnecke aus der Box. Das Tier krümmte sich und zog sich zusammen. Marcel setzte es sich auf die Wange, wo es sich festsog. Es streckte seine Fühler aus und kroch über Marcels Wange auf seine Nase zu. Statt Tulpenblättern erkundete die Schnecke Marcels Haut, die an manchen Stellen glatt war, an anderen stoppelig und dazwischen immer mal wieder rot, wenn er sich gerade einen Pickel ausgedrückt hatte. Die

Schnecke kroch hinauf zu seinem Auge. Marcel schloss es, und sie robbte über sein Augenlid, zog die Wimpern dabei mit in die Höhe. Ich starrte auf Marcels Auge und fragte mich, ob Schneckenschleim ihm gut oder schlecht bekam. „Nimm sie runter, nimm sie runter“, schrie ich ihn an. „Mama!“ Ich lief aus der Küche ins Wohnzimmer zur Couch, auf der Mama lag, und rüttelte sie am Fuß. „Hör auf, die Mama zu wecken“, rief Marcel herüber. „Sie braucht ihren Schlaf.“ Mama zuckte nur kurz, schnarchte laut auf und schlief weiter, die Hände über dem Bauch gefaltet. Marcel nahm eine zweite Schnecke aus der Box und setzte sie sich auf die Stirn. „Der Schneckenzweikampf“, sagte er. „Mal schauen, wo sie sich treffen und wie sie dann reagieren. Traust du dich das auch?“ Ich schüttelte den Kopf. Marcel nahm eine dritte Schnecke aus der Box und kam damit auf mich zu. Ich schaute zu Mama, die immer noch schlief, und verkroch mich unter dem Tisch. Ich drückte mich gegen das rechte hintere Tischbein und gegen die Couch. *Flipp flapp*. Marcels Schlapfen. Ein letztes *Flipp flapp* – er hatte die Küchenfliesen verlassen und den Teppichboden im Wohnzimmer erreicht. Ich sah seine Knie und die Hand mit der sich krümmenden Nacktschnecke, die er absichtlich tief hielt, damit ich sie sehen konnte. Eins, zwei, drei, und er stand vor dem Tisch. Mit der linken Hand fischte er nach meinem Bein. Ich drückte mich noch fester gegen die Couch. Marcel erwischte meinen linken Fuß und zog daran. Eins, zwei, drei. Ich war wie ein Müllersackerl, das in ein, zwei Würfen vor Marcel liegen und eine Nacktschnecke präsentiert bekommen würde. Müller, Müller, Müllersackerl. Marcel zog kräftig an meinem Fuß, der Tisch bewegte sich mit und brachte das darauf stehende Glas zum Überschwappen. Mama zuckte. Sie schaute mit großen Augen und setzte sich auf. Seit der Operation hatte sie Albträume und war sich beim Aufwachen nicht sicher, was Traum war und was Wirklichkeit.

Sie träumte von einem Fleischwald, den sie durchqueren musste. Von einem unbekannten Mann, der sie durch den Wald jagte und der sie an ihren Exmann erinnerte. Bäume, die sich ineinander verschlangen und den Weg versperrten, wenn sie einen Haken schlagen wollte. Und Lichtungen, die sich plötzlich auftaten und aus denen ihr Verfolger heraustrat. Oft schrie Mama im Traum nach Sauerstoff. Die Blätter der Bäume verwandelten sich mit der Zeit in Leder. Raschelnde Blätter wurden zu knarzenden Ledercouches, und statt frischer Luft produzierten die Bäume ein tödliches Gift. Sauerstoff, sagte sie und bettelte einen Prinzen am Wegesrand an. „Der Prinz fragt mich immer nach einem Passwort", erzählte Mama. Aber sie konnte sich an kein Passwort erinnern. Mama dachte oft darüber nach, was mit dem Passwort gemeint sein und wer es ihr verraten könnte.

Mama hatte sich gerade aufgerichtet, da fiel eine Nacktschnecke von Marcel ab und auf den Boden. Mama erstarrte. Ihr Mund wurde zu einer dünnen Linie. Mama stützte ihre Ellbogen auf den Knien ab und versteckte ihr Gesicht hinter den Händen. Sie saß still da und weinte in sich hinein. Marcel stand, ich saß auf dem Boden. Wir taten so, als hätten wir nichts bemerkt, und gingen in unsere Zimmer. Marcel mit den Nacktschnecken, ich ohne.

Als mich Mama abends ins Bett brachte, fragte ich sie, ob ich die Nachttischlampe brennen lassen dürfte. Ich hatte eine magische Lampe. Sobald ich sie anmachte, drehten sich verschiedene Motive aus dem *Regenbogenfisch* im Kreis. Dazu ertönte eine Melodie, die ich nicht kannte und die beruhigend wirken sollte. Mich aber nervte die Melodie. Ich wollte nur die Fische anschauen. Vor allem wollte ich mich in Sicherheit wiegen, dass keine von Marcels Nacktschnecken ihren Weg in mein Schlafzimmer finden würde. „Bitte schau unter der Bettdecke nach!" Mama seufzte. Sie hob die Bettdecke auf einer Seite an und tastete mit ihren Fingern das Leintuch ab. Dabei war ein lautes Knistern zu hören, ein Schaben. Mamas Hände waren rau, trocken und aufgerissen. Ihre Bewegungen langsam. Trotzdem wussten ihre Hände genau, was sie taten. Wenn Mama sich um mich kümmerte, hatte ich nie das Gefühl, dass sie es aus Liebe tat. Sie war nicht zärtlich. Kümmern war für sie ein Arbeitsablauf. Wenn ich erkältet war, schmierte sie mich mit Salbe ein. Aber anstatt sie liebevoll zu verteilen, ging es ihr darum, so schnell wie möglich zu sein und dabei keine Salbe zu verschwenden. Sie wechselte zwischen Handfläche und Handrücken hin und her, damit bloß kein Salbenrest auf ihrer Haut blieb. Danach sagte sie laut: „So, fertig." Mit derselben Schnelligkeit tastete Mama das Bett ab, beschloss, dass hier keine Nacktschnecken waren. Dann hielt Mama sich am Bett fest und ließ erst das rechte Knie zu Boden sinken, dann das linke. Langsam kam sie mit ihrem Oberkörper dem Boden näher und blickte unters Bett. „Hätte ich dir sagen können“, sagte sie. „Da ist nichts.“ Ich legte mich ins Bett. „Mama“, sagte ich, „passt du auf mich auf?“ – „Wenn ich es schaffe, bis du groß bist.“ Das Licht brannte, und die Fische drehten sich im Kreis. „Dafür kannst du beten“, sagte Mama. „Beten, dass ich es so lang schaffe.“

6

I'm her yesterday man tönte es aus dem Radio auf der Küchenanrichte. *Well my friends that's what I am.* Manfred packte Mama an der Hand und drehte sie um sich herum. „Heast, ich hab jetzt keine Zeit!" Wenn Mama sprach, dehnten sich die Wortsilben. Oft reagierte sie erst, wenn man bereits nachfragen wollte, ob sie nicht gehört hätte. Mirjam beschrieb Mama als Schlaftablette. Sie hatte von ihr geträumt, anstelle ihres Kopfes hatte Mama eine Medikamentenschachtel. Manfred machte sich Mamas verzögerte Reaktion zunutze, vor allem, wenn es darum ging, sie zu sekkieren. Er drehte Mama noch einmal herum, und als ihr Arm gerade in der Höhe war, kitzelte er sie mit seiner rechten Hand. Mama kreischte laut auf. „Lass das, Manfred", schrie sie, und: „Du weißt doch, ich mag das nicht!"

Mama und Manfred hatten sich im AMS-Kurs kennengelernt, den sie vormittags besuchten. Er schenkte ihr eine Tafel Erdbeerschokolade. Mama aß jeden Tag vor dem Schlafengehen eine Ecke. Ich durfte nichts davon haben. „Das ist mein Betthupferl", sagte sie. In der Früh hatte sich auf dem Polster ein brauner Kreis aus Spucke gebildet. In Mamas Mundwinkel klebte noch ein Rest Schokolade.

Manfred hatte Mama beeindruckt, weil er bei den Übungen im Kurs kreative Lösungsvorschläge gemacht hatte. Einmal mussten sie ein rohes Ei vom Balkon hinunterwerfen, das unbeschadet unten ankommen sollte. Manfred entwarf einen Fallschirm für das Ei und protokollierte seine Idee haargenau auf einem A4-Blatt. Manfred war Ingenieur. Manchmal war er auch Bürokaufmann. Bei anderen Leuten stellte er sich als Herr Hofrat vor. Die Fallschirmgeschichte erzählte Mama gerne beim Abendessen. Sie lachte dabei laut auf und verschluckte sich dann so sehr, dass ich ihr mehrmals hart auf den Rücken klopfen musste. Ich konnte ihr ansehen, dass sie Manfred besonders schlau fand. Manfred erzählte, dass er vor zehn Jahren einen Unfall gehabt hatte, als er bei einem Umzug einen Kasten nach unten getragen hatte. „Der Kasten ist mir auf die Schulter gefallen, und seitdem kann ich den Arm nicht mehr heben", sagte er. „Seitdem kann ich nicht mehr als Bürokaufmann arbeiten." Ein anderes Mal erzählte Manfred die Geschichte so: „Ich habe im Cabrio vor dem Supermarkt auf meine Freundin gewartet. In diesem Moment ist mir mein Chef aus Rache von hinten hineingefahren. Meine Freundin war nämlich seine Frau. Und seitdem …" An dieser Stelle begann Manfred, mit der Schulter zu kreisen. „Seitdem kann ich den Arm nicht mehr heben. Ich kann nichts mehr mit dieser Schulter machen."

Mama war im AMS-Kurs, weil sie vergessen hatte, ihren Krankenstand zu verlängern. Bald darauf war das Kündigungsschreiben von der Wäscherei gekommen, mit dem Mama langsam die Stiegen hinaufging. „Geh, Anja, kannst du mir das vorlesen?" Seit sie im Krankenhaus gewesen war, konnte sie nur sehr langsam lesen. Mama klang wie ein Kind, das gerade lesen lernte. Das *e* zog sie lang. Das *s* zischte sie. Das *r* in *war* rollte sie zu heftig. Aus dem *ei* wurde ein separates *e* und ein *i*. „Es war einmal“, rief ich und schloss die Augen. Mama kniff den Mund zusammen und machte weiter. „Die haben dich gekündigt“, hatte Anja gesagt. Nach ein paar Sekunden war die Info bei Mama angekommen. Sie hatte sich die rechte Hand auf den Mund gehalten, sich umgedreht und sich auf einen Stuhl gesetzt. Mama war davon ausgegangen, dass sie in die Wäscherei zurückkehren würde, wenn sie wieder ganz gesund war. Stattdessen AMS-Kurs. Schwer vermittelbar, kein Abschluss, keine Ausbildung. Körperlich nicht einsetzbar. Seit der Gehirnblutung durfte sie maximal drei Kilo heben. Vollzeit ging nicht, wegen mir. Von da an lag Mama noch öfter auf der Couch. Manchmal blätterte sie alte Fotoalben durch. Richtete sich ihr Kopftuch. Oder starrte auf die Wand mit dem Hirschgeweih.

Ihre Erinnerung an meinen Vater. Der tote Hirsch schaute auf sie hernieder wie der Genagelte am Kreuz aus seinem Herrgottswinkel. In schwarzem Faserstift stand *1993* auf der Stirn des Hirsches. Ich war nur ein Jahr später auf die Welt gekommen. Folglich war ich eine Hirschkuh. Ein Hirsch musste sterben, damit ich leben konnte. Ein vermurkstes Wunder der Natur. „Das war ein romantischer Abend“, erzählte Mama. Wie der Karl den Hirsch geschossen hat. Mit verdrehtem Kopf und leeren Augen hat er aus dem Anhänger vom Jeep hervorgeschaut. Der Karl hat den Hirsch aufgehängt und ihm den Bauch aufgeschlitzt. Mama hat direkt hineingegriffen. Davor grauste ihr nicht. Die Organe raus, eines nach dem anderen. Nach dem Aufbrechen des Wilds ging es in der Stube wild zur Sache. Hier wurde nichts entnommen, sondern nur hinzugefügt, von einem Körper zum anderen – eine Vermengung zweier Körper zu einem. Neben der Samenspende gab es als Damenspende einen Hirschkopf. Den brachte Mama am nächsten Tag stolz nach Hause. Stundenlang kochte das Hirschhirn, in der Küche roch es nach ranzigem, fettigem Hirn. Hirn mit Ei. Niemand aß davon. Nur Mama schob sich alles bis zum letzten Stück in den Mund. Sie lächelte. Es war eine Liebesbekundung. Der tote Hirsch war der größte Liebesbeweis, den sie jemals bekommen hatte. Vom Auskochen hatte Mama Fotos gemacht, die im Familienalbum direkt neben Onkel, Tante, Oma und Garten landeten. Der alte Herd war zu sehen, den Marcel gefunden hatte. Die ganze Wohnung bestand aus Fundstücken. Geräte, die von ihren Besitzern ausgemistet worden waren, eigentlich Sperrmüll waren. „Für unsereins reicht das auch", sagte Marcel. „Wir brauchen keinen Luxus."

Selbst als es aus war zwischen Mama und meinem Vater, gab Mama das Hirschgeweih nicht her. Es blieb hängen, während die Wand rundherum immer mehr nachdunkelte. Mamas Blick blieb immer wieder auf dem toten Schädel hängen. Über Mamas Bett hing ein Foto, das mindestens genauso breit war wie ihr Bett. Anja hatte es ihr gerahmt. Darauf zu sehen war der Weg zur Alm, auf der mein Vater lebte. Wenn ich in der Früh in Mamas Zimmer ging, stellte ich mir vor, wie wir diesen Weg Hand in Hand zurücklegten. Mama an der einen und Vater an der anderen Hand. Die Figur des Mannes verblasste, sobald ich die Hand zu fest drückte. War seine Hand rau von der Arbeit oder weich? Ich wusste es nicht. In meiner Erinnerung sah mein Vater aus wie eine Bananencremeschnitte, die er mir kaufte, als wir ihn in der Stadt einmal zufällig getroffen hatten.

Mama und ich waren mit dem Fahrrad unterwegs. Beinahe knallten wir in ihn hinein. Mama sagte erst nichts. Dann öffnete sie ihre Lippen und hauchte eine Begrüßung. Ich war mir nicht sicher, ob es ihr unangenehm war oder ob sie die Begegnung als schicksalshaft wahrnahm, wie in den 20.15-Uhr-Filmen. Frau überfährt Mann um ein Haar mit Fahrrad. Mann ist wütend. Frau und Mann begegnen einander wieder. Sie küssen sich stürmisch im Regen. Dieser Film ging in Mamas Augen ab.

Er lud uns in die Konditorei ein, und ich durfte mir eine Mehlspeise aussuchen. Lange starrte ich in die Vitrine, um nicht in das Gesicht des fremden Mannes schauen zu müssen. Ich tat so, als würde mir die Entscheidung schwerfallen. Und sagte endlich: „Eine Bananencremeschnitte, bitte.“ Die Kellnerin brachte sie uns an den Tisch. Mama hatte einen Punschkrapfen bestellt. Ich stocherte mit der Mehlspeisengabel in der Schokoglasur. Probierte, sie durchzuschneiden. Mama trennte den rosa Mantel und die kleine Kirsche vom weichen Inneren. „Aber davon willst du ja nichts wissen“, sagte sie. Die Schokolade flutschte mir davon. Mama hatte den Punschkrapfen zielsicher entzweit wie zu Hause die Mäuse. Dabei bewegte sich das Muttermal auf ihrem Unterarm vor und zurück. Die drei Haare darauf wippten rhythmisch mit. „Mir ist nichts anderes übriggeblieben, als damals zum Jugendamt zu gehen.“ Die Bananen hatten sich in gelblichen Matsch verwandelt. Ohne aufzuschauen, führte ich die Gabel zum Mund. Ich spürte, wie sich die Stirnfransen in meine Augenlider bohrten. Mama hatte sie mir noch nicht nachgeschnitten. „Du könntest dir ja wenigstens Besuche ausmachen." Die Schokoglasur kam langsam ins Schwitzen. Kleine Perlen bildeten sich und liefen an den Seiten hinab. „Schmeckt es dir nicht?", sagte der Mann zu mir, der deutlich älter war als meine Mama. Diesen Satz hatte ich schon öfter von meiner Tante und meinem Onkel gehört. Ich wusste, dass es keine Frage, sondern eine Aufforderung war. Ich sollte essen. Es muss aufgegessen werden. Egal, ob es schmeckte oder nicht. Brave Kinder aßen auf. Ich wollte ein braves Kind sein. Dafür lobten mich viele Erwachsene. Ich sei so brav. Manchmal wollte ich lieber Pippi sein statt Annika. Aber das musste man sich leisten können. Schnell schob ich mir ein Stück Bananenschokoladenmatsch in den Mund. „Sie ist ein bisschen schüchtern", sagte Mama. Meine Backen waren voll. Die Bananen wurden in meinem Mund noch größer und matschiger. In Etappen schluckte ich sie hinunter. Es reckte mich. In meinem Hals spürte ich einen Brocken nach oben kommen. Mama hatte ihren Kaffee bereits ausgetrunken. Der Mann fragte sie, ob sie noch etwas wollte. Sie verneinte. Ich wusste, dass wir nicht gehen würden, ehe ich die Bananencremeschnitte aufgegessen hatte.

Auch zu Hause musste ich immer aufessen. Das war die einzige von Mamas Regeln, die auch Marcel ganz streng einhielt und kontrollierte. Für das gute Wetter. Für die Kinder in Afrika. Die würden sich das wünschen. Ich sollte dankbar sein. Oft saß Marcel neben mir, bis ich aufgegessen hatte. Für ihn dauerte das eine Ewigkeit. Ich ging mit dem Suppenlöffel in der Suppe spazieren. Die Suppe verwandelte sich in einen Wald mit Tannenbäumen und großen Weiden. Die Fettringe wurden zu kleinen Häusern, die ich besuchte. Ich zeichnete mit dem Löffel eine Verbindung zwischen diesen Häusern. „Einen Löffel für die Mama,“, sagte Marcel. „Damit sie gesund bleibt.“ Ich nahm einen Löffel Suppe und schluckte widerwillig hinunter. Löffel für Löffel. Stunde für Stunde. Es war beinahe schon Abendessenszeit, als ich mit dem Mittagessen fertig war. Ich verstand diese Regel nicht. Wenn Verwandte zu Besuch waren, gab es kein Gesetz zum Aufessen. Erwachsene ließen immer etwas stehen, entweder weil sie keinen Hunger hatten oder weil es ihnen nicht schmeckte. Letzteres gab bloß niemand zu. Wenn mir Marcel den Löffel wegnahm, weil ich nur damit spielte, und ihn wütend in die Abwasch schmiss, spielte ich mit meinen Fingern weiter. Das machte Marcel noch wütender, und er überließ die Aufsicht Mama.

Meine Backen füllten sich mit der Bananenschokomischung. Ich kratzte das letzte bisschen Schokolade vom Teller, sodass dieser wie frisch abgewaschen aussah. „Brav isst sie auf“, sagte der fremde Mann, dem ich angeblich ähnlich schaute. Jedes Mal, wenn ich Mama fragte, was ich denn von ihr geerbt hätte, sagte sie: „Nichts. Das ist alles von deinem Vater.“ Auf den ersten Blick sahen wir uns wirklich nicht besonders ähnlich. Mama hatte dunkelbraune Augen wie ein Reh. Ich graublaue. Wie eine dreckige Regenpfütze. Mamas Haare waren tiefschwarz. Meine hellblond. Auch sonst ließen sich keine prägnanten gemeinsamen Merkmale finden. Wir waren, als hätten wir einander adoptiert. Sie mich, weil sie jemanden brauchte, der sie motivierte weiterzumachen und ihr Leben organisierte. Ich sie, weil sie im Gegensatz zu mir erwachsen war. Genauso wie ein Bild einen Rahmen braucht. Mama und ich schauten uns an. Wir waren bereit zu gehen. Mein Bauch wurde hart und unbeweglich. Ich wartete, bis der fremde Mann aufstand, zahlte und das Auf-Wiedersehen-Spiel abgeschlossen war.

Als Mama den Manfred zum ersten Mal mit nach Hause brachte, spielte ich gerade Barbie. Von Anja hatte ich ein *Sissi-und-Franz*-Set bekommen. Ich konnte die Füße der beiden auf eine rote, sich drehende Plattform stecken, die von Sissis weitem Kleid verdeckt wurde. Sobald ich den Schalter auf *On* schob, ertönte ein Walzer, und die Sissi- und Franz-Barbies ruckelten im Kreis. War ein Walzer zu Ende, musste ich klatschen, bis die Plattform wieder ansprang und den nächsten spielte. Insgesamt waren es elf. In einer Walzer-Pause schaute ich kurz auf, und vor mir standen Manfreds große Füße in Bademeister-Schlapfen. „Darf ich mitspielen?", fragte er. „Nein." – „Ich geh hier nicht raus, bis wir zwei Freunde sind." Ich drehte mich auf meinem Hintern rutschend um und öffnete den Schrank, um weitere Barbies hervorzuholen. „Wir zwei gehen jetzt Hand in Hand raus zu Mama." Ich war damit beschäftigt, meine Barbies auf eine Seereise zu schicken. Als Boot diente Mamas große Magnesiumtabletten-Schachtel aus der Apotheke. In sie passten haargenau zwei große Barbies, vielleicht sogar drei mit

Kelly, dem Barbie-Kind. Das Boot legte gerade mal zehn Zentimeter zurück, als Manfreds linker Schlapfen ihm den Weg versperrte. Ich navigierte an seiner Ferse vorbei. Dann kam das nächste Hindernis. Manfreds rechter Schlapfen. „Ich habe dir gesagt, dass ich nicht gehe, bis du mir die Hand gibst und deiner Mama sagst, dass du mich gern hast." Ich legte meine Barbies geordnet zurück in den Schrank und stand auf. Da packte Manfred meine Hand. „Mach die Tür auf", sagte er. Ich drückte die Türklinke hinunter. Langsam gingen Manfred und ich Hand in Hand über den Gang ins Wohnzimmer. Mama saß auf der Couch und löste ein Sudoku. Sie schaute Manfred überrascht an, dann mich, und begann zu kichern. Sie stand auf und fiel Manfred um den Hals. Schnell zog ich meine schwitzende Hand von Manfreds weg und wischte sie an meinem Pulli ab.

Manfred wohnte seitdem bei uns. Gemeldet war er aber nicht. Das merkte ich mir, weil Mama zu flüstern begann, sobald das Thema darauf kam. „Wenn dich wer fragt, ob der Manfred hier wohnt, dann sagst du Nein", bläute sie mir ein. „Dann sagst du, der Manfred ist bloß ein Freund des Hauses, er wohnt in Stahlbach." Manfred war bei seiner Mutter gemeldet, zu der er alle zwei Wochen zu Mani- und Pediküre fuhr. „Niemand kann das so gut wie die Mama", sagte er. „Dafür gebe ich nicht unnötig Geld aus bei der Kosmetikerin."
„Warum soll ich das sagen?", fragte ich. Lügen hatten kurze Beine. Und eine lange Nase. Du sollst Vater und Mutter ehren. Wegen Gott hatte ich Angst, Mama anzulügen. Doch andere anzulügen, erlaubte sie mir. „Im

Normalfall tun wir das nicht, aber der Manfred und ich könnten ansonsten Geld verlieren", sagte sie und fuhr flüsternd fort: „Das nimmt uns das AMS sonst weg."

Manfred, Mama und ich wurden zu einer Nacktschneckenfamilie ohne Rückzugsgehäuse. Fühler einziehen und weiterkriechen.

„Charlotte, bist du fertig?", fragte Mama. Ich saß am Klo und hatte die Tür zugesperrt. Ich war schon längst fertig, aber schaute mir den Kloteppich an. Rechts unten drei unterschiedlich lange Streifen in Grün, Hellblau und Dunkelblau. Links oben eine gelbe Kugel. Unten ein dunkelblaues Viereck, das die seitlich offene grüne Form besuchte. Jeden Tag dachte ich mir auf dem Kloteppich eine neue Geschichte aus. „Mama, warum ist der Kloteppich eigentlich vorne ausgeschnitten?", rief ich Mama nach draußen. „Geh, verarschen kann ich mich selber. Komm jetzt heraus und mach dich fertig." Ich hatte keine Lust, in die Kirche zu gehen. „Wenn du brav ministrierst, kriegst du nachher ein Eis", sagte Mama.

Das Eis holten wir in einem ganz bestimmten Kaffeehaus. In der Stadt gab es drei davon, das erste war politisch schwarz, das zweite rot, und beim dritten wusste es niemand so genau. Deshalb gingen wir in das dritte. „Ich will mich nirgends einmischen", sagte Mama. Sie wollte nicht auffallen. Mit den Nachbarn war sie nicht befreundet. „Dann gibt's einmal Probleme, und man muss sich aus dem Weg gehen. Mir ist es lieber, wenn ich gleich gar nichts mit ihnen zu tun hab." Mama war eine Huscherin. Mehr Maus als Nacktschnecke. Wenn ihr draußen jemand begegnete, huschte sie schnell über den Hof. „Wenn wir jetzt nicht fahren, brauchen wir gar nicht mehr los“, schrie Mama. An ihrem Tonfall erkannte ich, dass es ihr Ernst war. Ich rannte hinunter in die Garage und sperrte mein Fahrrad auf. „Glaubst du, kommt die Mirjam auch?“ Mama bückte sich und öffnete langsam ihr Fahrradschloss. Es fiel ihr zu Boden. Beim Versuch, das Schloss aufzuheben, wanderte Mamas Zunge aus dem Mund heraus und formte sich zu einer Spitze. „Mama!“, schrie ich. Sie wusste, dass ich es hasste, wenn sie das tat. Meistens passierte ihr es, wenn sie etwas ausschnitt. Werbeprospekte oder die eigene Adresse, die sie zerkleinerte und zum Altpapier warf. Es sollte ihr nur nicht passieren, wenn wir gemeinsam draußen waren. Mama war mittlerweile dabei, das Garagentor aufzumachen. Sobald es ganz oben war, konnte sie es durch einen Knopf zum Einrasten bringen. Ich schob mein Fahrrad nach draußen direkt neben unseren Mülleimer und wartete auf sie. „Jetzt müssen wir uns wieder abhetzen, nur weil du immer so trödelst.“ Es nervte mich, dass Mama mir die Schuld gab. Sie war doch die Langsame. Da konnte ich dreimal so viel trödeln. Ich trat in die Pedale und schwang meinen Hintern von rechts nach links. So fuhren die älteren Nachbarsburschen Rad. Sie lehnten sich auf die Lenkstange, machten einen Buckel und schwangen sich dann von einer Seite auf die andere. Ich probierte das auch, hatte aber nicht den Eindruck, dass ich dadurch schneller war. Wenn ich an jemand Gleichaltrigem vorbeikam, fuhr ich freihändig und lenkte mich an den Schranken vorbei.

Sogar im Winter, wenn Eis auf der Straße lag, fuhren Mama und ich mit dem Fahrrad. Viele Leute fanden das bewundernswert, dabei lag es einfach daran, dass Mama nicht mehr Autofahren durfte. Ich konnte mich nicht daran erinnern, dass Mama jemals Auto gefahren war. Anja und Marcel erzählten davon und zeigten mir das Fotoalbum, indem auch ein Abzug von Mama war, auf dem sie in bunten Leggings vor ihrem Auto stand.

Auf dem Weg zur Kirche sagte Mama nichts. Sie presste ihre Lippen aufeinander. In hektischen Bewegungen schob sie die Brille hinauf, die ihr immer wieder von der Nase rutschte. Bei der Kirche angekommen, sah ich das Auto von Mirjams Familie. Sie hatten einen grauen Kombi. Mirjam hatte zwei kleinere Brüder, und das nächste Geschwisterchen war bereits im Anmarsch. Mirjams Eltern waren noch zusammen. Ihr Vater war Religionslehrer und still. Die restliche Familie laut. Wenn wir verabredet waren, holte mich Mirjams Vater ab. Ich schaute dann aus dem Fenster und tat so, als würde ich etwas ganz Besonderes entdecken. Mirjams Vater machte mir Angst. Er hatte einen Bartansatz, eine tiefe Stimme und war sehr groß.

Mama und ich waren wie immer zu spät. „Geh rein, ich sperr dein Fahrrad ab", rief Mama mir zu. Bei ihr waren ein paar Minuten nicht so tragisch, aber ich musste pünktlich sein. Mirjam stand bereits angezogen in der Sakristei und hatte einen grünen Gurt um. Ich zappelte mich in den langen, weißen Umhang hinein, band den Gurt um und stellte mich in die Zweierreihe neben Mirjam. Hinter uns gingen die beiden älteren Jungs. Vor uns die Anfänger, die etwas kleiner waren als wir. Wir zogen durch den Hauptgang ein, hinauf in den Altarraum. In der ersten Reihe saß die perfekte Familie. So nannten Mama und ich sie. Wir machten uns über sie lustig, vor allem über die Mutter. Sie hatte lange, blonde Haare, einen großen Mund und war immer adrett zurechtgemacht. Das Haar ihres Mannes war voll, er hatte einen ebenso großen Mund und hätte sich gut als Kapitän im *Traumschiff* gemacht. Die drei Kinder, zwei Buben und ein Mädchen, waren das Abbild ihrer Eltern und wurden von der Mutter auch so gekleidet. Sie waren immer pünktlich und gingen sogar zu extra Messen unter der Woche. Die Mutter war im Pfarrgemeinderat. Beim Pfarrkaffee stand ihr Kuchen immer ganz vorne. Oft ging sie nach einer Messe zum Pfarrer oder Kaplan, um ihm für die schöne Predigt zu danken. „So eine Schleimspur hinterlässt die", sagte Mama, wenn wir nach Hause radelten.

Ich sah die braunen Schneckenteile in Marcels Gerätschaft vor mir hin- und herflitzen. *Wie auch wir vergeben unseren Schuldigern. Und führe uns nicht in Versuchung, sondern erlöse uns von den Bösen.* Der Teil mit der Schuld fiel mir in der Kirche nie ein. Mirjam auch nicht. Wir murmelten mit, bis wir uns wieder erinnerten. *Denn dein ist das Reich. Und die Kraft. Und die Herrlichkeit. In Ewigkeit. Amen.* Mit jedem Wort wurden wir lauter. Wir übertönten uns gegenseitig. Das Amen war ein lauter Schrei. Dabei mussten wir aufpassen, nicht vom Pfarrer erwischt zu werden. Wenn wir etwas falsch machten, kniff er seinen Mund zusammen und schaute uns eindringlich an.

7

Im Fernsehen war ein dicker Mann mit Vollbart und Schnauzer in einer Bar zu sehen, der einen anderen in die Wange zwickte und ihn aufhob. Hinter ihm ein dünner Mann mit kurzen blonden Haaren und hellblauen Augen, der Kinnhaken verteilte. Der dicke Mann machte Geräusche wie ein Tier. *Muah!* Immer mehr Männer liefen auf die beiden Prügelknaben zu. *Pam, pam, tusch, tusch.* Sie flogen in hohem Bogen hinaus oder landeten hinter dem Tresen. Wenn Haut auf Haut traf, ein Gesicht sich total verzog, bekam ich Angst. „Das ist nur im Fernsehen so, die stehen hinten links auf und kommen von rechts wieder herein", erklärte mir Manfred. Jeden Morgen beim Frühstück las er zuerst die *Krone* und dann die Fernsehzeitschrift. Dabei trank er den Earl-Grey-Tee, den Mama ihm hingestellt hatte. Wenn ein Bud-Spencer-und-Terence-Hill-Film im Fernsehen lief, holte er sich von Mama die Genehmigung, ihn untertags schauen zu dürfen. Das war eigentlich verboten. Mama sagte immer: „Untertags schauen nur faule Leute fern, die anderen gehen raus und bewegen sich." Manfred verhandelte. Er gestand ihr im Gegenzug den Rosamunde-Pilcher-Film um 20.15 Uhr zu.

Wenn Terence Hill auf der Bildfläche erschien, sagte er: „Früher war ich auch so ein Verführer wie der Terence, blauen Augen kann keine Frau widerstehen." Sein Bauch, über den sich die Trainingsjacke spannte, passte eher zu Bud. Er liebte auch Duelle.

„Such dir eine Arbeit, anstatt den ganzen Tag blöd in den Fernseher zu schauen", sagte Marcel zu ihm. „Wenn es dir nicht passt, dass ich hier bin, dann zieh halt aus", sagte Manfred. „Von einem Handwerker wie du einer bist, lass ich mir garantiert nichts sagen." Marcel schlug mit der Faust auf die Küchentheke. „Du Asozialer!", schrie er.

Nach ein paar Wochen war Marcel inklusive Schallplattenspieler weg. Meine Kinderschallplatten hatte er dagelassen, aber die konnte ich so auch nicht mehr anhören. Marcel kam nur vorbei, wenn Manfred gerade im Beisl war. Um sicherzugehen, rief er vorher an. Wenn er da war, sprach er kaum mit uns. Er ging in seine Dachbodenkammer und holte seine restlichen Sachen. Dann stieg er in sein Auto und fuhr weg. Wenn sich die beiden doch begegneten, gab es Streit. „Na schau, wer da kommt. Arbeitslos, aber ins Beisl gehen kann er", sagte Marcel. „Und wer zu dumm ist für die Schule, macht eine Lehre", entgegnete Manfred. „Aber aus der Charlotte wird mal was Gescheites, da kümmere ich mich drum." Marcel lief rot an und schrie. Ich verkroch mich unter dem Tisch und wartete, bis es vorbei war.

Die Nacktschnecken bevölkerten die Tulpen, und Manfred legte sich auf die Couch und faltete seine Hände über dem Bauch. Ich setzte mich neben ihn in eine freie Ecke und zeichnete. Ich malte Prinzessinnen ohne Arme, dafür mit Tellern als Hände und Würsten als Finger. Die Prinzessinnen hatten keine Haare und trugen Kronen, die mindestens genauso groß waren wie ihr Gesicht. Ich malte den Prinzessinnen Narben auf ihre Beine, wie Anja sie hatte, aber niemand konnte sie sehen. Sie waren unter den wallenden Kleidern verborgen.

Alles hat ein Ende, nur die Wurst hat zwei. Jawohl mein Schatz, es ist vorbei, grölte Mama zur Musik aus dem Radio, wenn sie gut gelaunt war. Wenn sie sich mit Manfred stritt, weil er nicht mit ihr wandern wollte oder zu lange im Beisl saß, dann sang sie ein Lied, das sie von ihrer Mutter hatte: *Die Männer sind alle Verbrecher, ihr Herz ist ein finsteres Loch.* Mama dehnte das o. *Aber lieb, aber lieb sind sie doch.*

Nach Marcels Auszug kaufte Manfred einen neuen, viel größeren Fernseher. Er war auch viel öfter an als früher. Fünfmal im Jahr lief der *Musikantenstadl.* Da unter uns nur die Kutschen „wohnten", durfte Manfred die Lautstärke hinaufdrehen. Ich tanzte zur Musik. Die Sängerinnen betraten entweder im glitzernden Abendkleid mit Stola oder im Dirndl die Bühne. Bei jedem Musikantenstadl-Auftritt trugen sie etwas anderes. „Ich wünsche mir alle Kleider aus dem Musikantenstadl", sagte ich. Und Manfred wusste: „Die dürfen alles behalten und müssen nichts bezahlen." Seitdem wollte ich Schlagerstar werden, meinen Michael finden und mit ihm über die Liebe singen. Alle würden mir dabei zusehen, wie mich der Moderator mit lang gedehnten Worten ankündigte. Dann würde er mir einen Blumenstrauß überreichen. „Einer schönen Dame gehört ein schöner Strauß", würde er sagen.

Wenn Manfred eine Sängerin bewunderte, sagte Mama: „Na, die ist aber auch nicht die Schlankste. Die hat schon ein bisschen mehr auf den Rippen." Mama mochte ihre Figur nicht. Es freute sie, wenn eine Kassiererin etwas dicker oder aus irgendeinem anderen Grund unansehnlicher war als sie. Dann sagte sie: „Was da so für Gestalten herumlaufen, das glaubt man ja gar nicht. Da schaue ich im Vergleich nicht schlecht aus."

Als ich mit dem Zeichnen meiner Prinzessinnen fertig war, rutschte ich von der Couch herunter und kroch unter dem Tisch hindurch, um meine Puppen zu holen. Ich krabbelte auf allen Vieren in mein Zimmer. Ich saß gerne auf dem Boden, um den warmen, mit den Jahren hart gewordenen Teppichboden zu spüren. Oft spielte ich unter dem Tisch. Die Schatten der Tischbeine ergänzte ich zu einem alten Schloss, in das nur selten die Sonne kam. *Gott, der das Licht aus der Finsternis hervorzuleuchten hieß...* Mir fiel nicht mehr ein, wie es weiterging. Der neue Kaplan verwendete manchmal Bibelverse in seiner Predigt. „Der hat zu viel studiert", sagten die alten Frauen in der Kirche nach der Messe zu Mama. „Er sagt das alles nur, um zu beweisen, wie gescheit er ist", pflichtete sie ihnen bei.

Eine Puppe, die ich auf die Couch gesetzt hatte, fiel um und dem schlafenden Manfred auf den Arm. Er reagierte nicht, kein Zucken, nichts. Ich setzte auch die andere Puppe neben Manfred und holte noch weitere aus dem Zimmer. Ich drapierte sie auf dem Sofa, setzte sie auf seine Beine, legte ihm sogar welche auf den Bauch. Ein

Puppenkränzchen mit einem Riesen. Mama holte die Kamera. Schnell ein Foto, bevor er aufwacht. Ich sollte mich dazustellen und drängte mich auf die freie Ecke der Couchlehne. Ein Bild fürs Familienalbum. Mama drückte den Auslöser, es blitzte. Mit einem Schnarcher wurde Manfred wach. Er ruderte mit den Armen wie eine Schildkröte, die auf dem Panzer lag. Eine Puppe nach der anderen fiel auf den Boden. Ein Erdbeben bereitete dem Teekränzchen ein Ende. Manfred brummte. Ich konnte ihn nicht verstehen. Mama kicherte. „Ja, wenn du so faul bist, brauchst du dich nicht wundern", sagte sie. Ich wollte mir meine Siebenmeilenstiefel anziehen und in großen Schritten mit meinen Puppen unter den Armen davonlaufen. „Wenn ich mich hier nicht einmal kurz hinlegen kann, dann kann ich gleich wieder nach unten gehen", sagte Manfred. Er zog sich seine Schlapfen an und knallte die Tür hinter sich zu. Ich sammelte meine Puppen ein und setzte sie wieder auf die Couch.

Manfred hielt sich nur zu drei festen Zeiten oben im Wohnbereich auf. In der Früh, wenn er Zeitung las und seinen Earl-Grey-Tee trank, zu Mittag, wenn Mama das Essen vor ihn stellte, und um 19.15 Uhr zum Abendessen, das pünktlich vor der ZIB und dem folgenden Spielfilm beendet sein musste.

Die Zeit dazwischen hatte Manfred früher im Beisl direkt neben dem Supermarkt verbracht. Mama hatte mich öfters hingeschickt, um ihn abzuholen. Männer an den Tischen vorne begrüßten mich: „Hallo, Püppchen, was bringt dich denn hierher?" Dann musste ich die verrauchte Gaststube durchqueren, bis zur Bar. Da saß

Manfred mit ein paar älteren Männern und trank Bier. Ich sagte zu ihm: „Die Mama will, dass du nach Hause kommst." – „Ich komme, wenn ich das ausgetrunken habe." Meistens kam er nicht, und Mama schickte mich erneut hinüber. Diesmal mit dem Satz: „Die Mama hat ein Hühnchen mit dir zu rupfen." Die anderen Männer lachten und brummten irgendwas mit *wer denn bei uns die Hosen anhätte.* Manfred kam wütend nach Hause. „Macht es euch Spaß, mich zu blamieren?" Seitdem brachte er das Bier vom Supermarkt mit nach Hause. Ich beobachtete ihn, wie er es in einem Plastiksackerl trug. Auf den Bierdosen lagen ein paar Packungen Wurstaufschnitt als Tarnung. „Der Manfred trinkt jetzt nicht mehr", verkündete Mama. „Er holt nur immer Wurstaufschnitt und Weckerl." *Du sollst nicht lügen.* Manfred meinte, er würde nicht lügen, nur einfach nichts sagen. Einmal, als ich unten aus dem Schuppen eine Packung Schokokugeln holte, fand ich dahinter Manfreds Bierflaschen. In den anderen Regalen verschob ich die Lebensmittel in der ersten Reihe und entdeckte dahinter noch mehr Bierflaschen. „So ein Blödsinn, das bildest du dir ein", sagte Mama, als ich ihr davon erzählte.
Manfred hatte sich unten eingerichtet, hörte so laut Radio Niederösterreich, dass man auf der Straße mithören konnte, und manchmal, wenn ein spannendes Match im Fernsehen lief, schaltete er seinen kleinen Satellitenfernseher ein und blieb auch am Abend unten.

Wenn er erst spät heraufkam, ging er aufs Klo und dann Richtung Schlafzimmer. Für den Weg brauchte er viel länger als normal. Manfred hielt sich erst am Geländer, dann an der Küchenzeile und am Türstock fest. Wenn er bereits vor dem Abendessen zu uns kam, war er gut gelaunt. Er stellte das Radio an. Sobald Roy Blacks tiefe Stimme ertönte, stand er vom Esstisch auf und sagte zu mir: „Komm, wir tanzen!“ Da ich viel kleiner war als er, durfte ich auf seine blauen Schlapfen steigen, und er drehte mich zu *Schön ist es, auf der Welt zu sein* durch die Küche. Ich sang textsicher mit, da ich ein paar Filme mit Roy Black im Fernsehen gesehen hatte. *Sagt die Biene zu dem Stachelschwein* war mein Part. Manchmal rutschte ich von Manfreds großen Füßen herunter und landete auf den kalten Fliesen. Dann sprang ich schnell wieder auf das Tanzmobil auf, und für ein paar Schritte wankte Manfred unter lautem *au!*. Hin und wieder verzog er den Mund, wenn ich zu heftig an seinem Arm riss. Er konnte die rechte Schulter mit der Narbe nicht heben. Bei Radio Niederösterreich riefen oft Hörer an, die sich Roy Black wünschten. Wenn einmal *Du bist nicht allein* an der Reihe war, musste ich am Esstisch sitzen, und Mama und Manfred tanzten durch die Küche. *Lamourhatscher* nannten sie das. Dabei lächelte Mama ihn die ganze Zeit an und senkte dann wieder ihren Blick, weil es ihr peinlich war. Manchmal drehte Manfred sie um ihre eigene Achse und kitzelte sie unerwartet unter der Achsel. „Jetzt hör auf, verarschen kann ich mich selber“, sagte sie dann.

Nach Anja und Marcels Auszug waren wir zu dritt. Manfred, Mama und ich. „Jetzt sind wir eine richtige Familie“, sagte Manfred. „Vater, Mutter, Kind, wie es sich gehört.“ Ich war mir nicht sicher, ob es sich so ge-

hörte. In der Schule wurde ich von den anderen gefragt, ob meine Eltern nicht verheiratet wären. Ob sie geschieden seien, wer denn der Manfred sei und woher meine anderen Geschwister kämen. Mir war das peinlich. Vor allem, wenn Mirjam erzählte, dass ihre Eltern schon mehr als zehn Jahre verheiratet waren. In meiner Klasse gab es keine Geschiedenen. Höchstens Väter, die in einen anderen Stock des Hauses gezogen waren – mit dem großen Wort *vorübergehend*. In meiner Klasse waren zwei, deren Eltern insgesamt fünf Kinder hatten. „Nur miteinander, wo gibt's das heutzutage noch?", priesen sie sich selbst. Zur Familiensegnung gingen sie alle gemeinsam, während Mama in der Woche davor den Pfarrer gefragt hatte, ob wir dort auch zu zweit erwünscht wären. Zu solchen Dingen wollte Manfred nicht mit. Auch auf den Eschenberg oder zu anderen Ausflügen kam er nicht mit. „Da bleibe ich lieber zu Hause", sagte er. Und ich sagte zu Mama: „Da trinkt er lieber sein Bier." Da wurde Mama schnippisch: „Wenn er trinken würde, wo wären dann die leeren Flaschen?" Von da an durchsuchte ich den Müll nach Beweisen, fand aber nie etwas. Bestimmt ging er zur großen Abfalltonne beim Friedhof und entsorgte sie dort. Ich malte mir aus, wie ich genügend Beweise sammeln und Mama mit ihm Schluss machen würde. Dann könnten Marcel und Anja wieder einziehen, und alles wäre wie vorher.
Ich baute Zäune aus Eierschalen, streute Kaffeesud, mischte Natron darunter, nichts half. Manfred fraß sich weiter durch unser Leben. Nagte Blatt für Blatt an und ließ es klebrig zurück. Bald würde nichts mehr im Garten blühen. Gegen eine hartnäckige Schneckenplage

halfen nur Gift oder, viel besser, da sie den Boden nicht angriffen, natürliche Feinde. Kröten, Igel, Mäuse oder Laufenten. Mäuse gab es zwar, aber die wurden von Mama sofort vernichtet. Die Nachbarsbuben erzählten mir von der Bierfalle. Man müsse einfach Bier in ein Gefäß füllen; angelockt vom Geruch würden die Schnecken hineinklettern und ersaufen. Ich wusste zwar, wo bei Manfred Bier zu finden war, konnte mir aber kaum vorstellen, dass das in seinem Fall helfen würde. Ich konnte also nur darauf hoffen, dass sich andere natürliche Feinde ansiedeln würden.

Ich stellte mir vor, wie ich eines Tages auf einen netten, älteren Herrn mit graumelierten Haaren treffen würde. Er würde wie ein Schauspieler aus Mamas Filmen aussehen und mir die Welt zu Füßen legen, weil ich seine lang verschollene Tochter war. Und Mama würde er ein großes Haus kaufen, vielleicht sogar ein Hausboot, und auf dem würden wir alle glücklich leben. Tanzen würden die beiden auf Cocktailpartys, die sie regelmäßig veranstalteten, und nicht einfach in der Küche. Mama würde ein enges, goldenes Kleid tragen. In dieser Welt hatte Mama keine Figurprobleme. In dieser Welt war Mama eine Filmdiva, die sich mit geschmeidigen Bewegungen in den Armen ihres Tanzpartners bewegte oder in schwarzen Strumpfhosen im Rampenlicht stand. Dunkler Lidstrich und rote Lippen. Um den Hals ein Diamantencollier anstatt eines Kreuzanhängers. All das würde eintreten, wenn ich Manfred losgeworden war.

8

Die letzten Jahre war ich immer Rotkäppchen gewesen, um die alte, rote Kappe meiner Cousine aufzutragen und die Jause praktisch in meinem Körbchen mitnehmen zu können. Dieses Jahr wollte ich unbedingt Prinzessin sein. Dazu brauchte ich lange Haare. Ich sagte Mama, dass ich jetzt ganz lang nicht mehr zum Friseur ginge, auch nicht für die Stirnfransen. Ich wollte, dass mir die Haare bis über den Arsch reichten wie Sissi in den Filmen. „Über den *Popsch* heißt das. Eine Dame sagt nicht *Arsch*", sagte Mama. Meine Haare gingen mir schon über den Rücken, ich war also nicht mehr weit von meinem Ziel entfernt. Ich wollte, dass Mama mir die feuchten Haare am Tag vor der Faschingsfeier mit Papilotten eindrehte und ich lockiges Prinzessinnenhaar bekam. Das Wichtigste fehlte allerdings noch: mein Prinzessinnenkleid. Es war nicht mit der Post gekommen, obwohl Mama sagte, dass sie es schon vor längerer Zeit bestellt hatte. Wenn ich nachts nicht schlafen konnte und mehrmals aufstand, um aufs Klo zu gehen, sah ich sie müde auf der Couch sitzen und an einem dicken, rosafarbenen Stoff nähen. Der Stoff erinnerte mich an ein großes Frotteehandtuch. Ich bekam immer mehr die Befürchtung, dass dieses Handtuch mein Kleid werden würde. Wenn Mama mich sah, versteckte sie es unter dem Tisch. Aber das konnte doch nicht…?! Und doch würde es Sinn machen. Wir Billigsdorfers kaufen das neue Klumpert nicht.

Am Tag der Faschingsfeier präsentierte mir Mama voller Stolz mein Prinzessinnenkleid. Die Haare noch in kleinen Schneckenhäusern um den Kopf gelegt, fühlte ich meinen Hals dicker werden. Jetzt bloß nicht weinen. Jetzt bloß Mama nicht traurig machen. Ich musste mich zusammenreißen. Sie durfte sich nicht aufregen. Dann würde der Blutdruck in die Höhe gehen, und das war gar nicht gut. „Schön“, presste ich hervor. Ich musterte das Kleid von oben bis unten. Mama hatte ein Gummiband um die Taille eingezogen und unten an den Saum einen weißen Stoff angenäht, der das Kleid eleganter machen sollte. Der Stoff musste von einer alten Gardine sein. Für den Glamour hatte sich Mama mit dem Glitzerstift ausgetobt. Auf dem Oberteil des Kleides hatte sie in unregelmäßigen Abständen Glitzertupfer angebracht. Es sah aus wie ein Window-Color-Bild, bei dessen Produktion die Farbtube zunächst verstopft, dann plötzlich explodiert war, sodass sich die Farbe überall und völlig willkürlich verteilte. Auf den Rockteil des Kleides hatte Mama mit dem Glitzerstift Linien aufgetragen. Die Linien waren nicht gerade, sondern gingen krakelig in alle Richtungen. Mama sah stolz aus. Sie lächelte, ohne ihre Zähne zu zeigen, ihre Mundwinkel schoben sich nach oben, und die Lippen waren leicht aufeinandergepresst. An manchen Stellen hatte Mama mit dem Glitzerstift gepatzt, weil sie mit ihm in der Hand eingenickt war. Mit großflächigen Glitzermustern hatte sie versucht, die Patzer zu übermalen. Neben dem Kleid lag eine Plastikkrone mit Gummizug. „Das ist die einzige, die ich gefunden habe“, sagte sie. Kein Diadem. Ich hatte mir meinen Auftritt vorgestellt wie Sissis, die, auf der Reise zu ihrem Bräutigam nach Österreich, vom Schiff aus der jubelnden Menge an Land zuwinkte. „Trägst du wieder einen gebrauchten Fetzen?", hörte ich die anderen Kinder fragen. „Das sieht man sofort."

„Wir machen ein Foto von dir, bevor wir gehen", sagte Mama. Sie hatte sich Clown-Schminke ins Gesicht gemalt. Die roten Clown-Lippen machten ihren verzogenen Mund noch schlimmer. Manfred wollte auch mit zum Fest, verkleidete sich aber nicht, sondern meinte, er gehe einfach als Adonis. Die Feier fand im Kolpingheim statt. Bierbänke waren aufgestellt worden, auf den Tischen lagen Konfettischlangen und große Papierbälle in verschiedenen Farben. Ich liebte diese Papierpuschel. Sie waren nicht aus festem Papier, an dem man sich schneiden konnte, sondern seidig-weich wie ein Schmetterling. Wir setzten uns an die lange Bierbänketafel. Auf jedem Platz lag ein Programmzettel. Zuerst würde der Bürgermeisterstellvertreter eine Rede halten, dann trat ein Zauberer auf, danach gab es Live-Musik, und zum Schluss kam der Zauberer noch einmal. Wir waren unter den Ersten, die eingetroffen waren. Der Kellner kam deshalb direkt zu uns. „Kostet das was?", stellte Mama die Gegenfrage auf seine Frage nach unseren Getränkewünschen. „Geh, Butz, darüber machst du dir keine Sorgen!" Manfred zwinkerte ihr und dem Kellner zu. Vor anderen Leuten war Manfred nicht Manfred, sondern Herr Hofrat. Vor anderen Leuten tat er so, als hätte er viel Geld, viel mehr als Mama. Manfred bestellte ein großes Bier für sich und zwei Apfelsaft gespritzt für uns. Mama trank nie Alkohol, nicht mal an ihrem Geburtstag oder zu anderen besonderen Anlässen. Wenn Manfred versuchte, sie zu überreden, zur Feier des Tages ein Glaserl mit ihm zu trinken, sagte sie: „Ich will ja keine Alkoholikerin werden." Nur zu Silvester machte sie eine Ausnahme. Da trank sie ein Glas mit. Wenn man ihr nach vielem Überreden ein zweites Glas einschenken durfte, schaute sie in die Runde und sagte: „Na, ich werde doch nicht zur Alkoholikerin werden!" Mama hatte Angst, von irgendetwas abhängig zu werden. Wenn sie auf dem Balkon neben dem rauchenden Manfred stand und seinen Zigarettenrauch inhalierte, wurde sie panisch und fragte sich, ob sie zur Raucherin werden würde.

Manfreds Bier wurde serviert und so nah am Papierpuschel abgestellt, dass dessen Enden feucht und matschig wurden. Dass sie so empfindlich war, war der Nachteil dieser lustigen Faschingsdeko. Am Ende des Abends würde alles von Bier und Fruchtsaft aufgeweicht sein. Dazu würden die Reste der gratis Frankfurter mit Semmel, Senf und Ketchup, wegen der wir insgeheim gekommen waren, am Tischtuch und auf den Faschingsgirlanden kleben.

Immer mehr Familien strömten in die Kolpinghalle, unter ihnen Clowns, Bienen, Mickey Mäuse und Pippi Langstrumpfs. Und dann waren da die Prinzessinnen. In pinken Seidenkleidern und mit Diademen auf dem Kopf hielten sie Einzug. Es waren auch einige *Belles* darunter, in gelben Kleidern mit Rosen-Applikationen. Der Stoff ihrer Kleider funkelte und glitzerte. Im Vergleich dazu sah ich aus wie Aschenbrödel, deren Bäumchen kein gutes Kleid abgeworfen hatte. Das Gummiband der goldenen Plastikkrone schnürte mich ein. Ich bekam wie bei einem zu engen Haarreifen Kopfschmerzen. „Schau, die anderen sind halt alle Prinzessinnen mit ihren Diademen, aber nur eine Königin trägt eine richtige Krone", sagte Manfred, der meine Blicke bemerkt hatte. Manfreds Kommentar machte es nur noch schlimmer. Er saß wie immer in seinem Trainingsanzug da und erzählte jedem, der an unseren Tisch kam, dass er als Adonis ging. Während die anderen Kinder aufstanden und sich für den Zauberer in die erste Reihe auf Turnmatten setzten, blieb ich auf meinem Platz. Ich wollte nicht, dass sie mein Kleid sehen und mich dann auslachen würden. Ich wollte nicht, dass Mama sich schlecht fühlte. Manfred bestellte ein Bier nach dem anderen. Nach dem Zauberer trat eine Band aus der Umgebung auf. Die Mitglieder hatten sich den Erzählungen des Sängers zufolge in der HTL kennengelernt. Sie spielten ein langsames Lied, bei dem Manfred Mama zum Tanzen aufforderte. Während die Kinder durch die Halle rannten und miteinander Fangen spielten, schunkelten die Eltern zur Musik. Unter den Frauen waren viele Katzen und Leoparden. Ein paar Hexen trugen auffällige Strumpfhosen mit Löchern. Mama war der einzige Clown und die Einzige, deren Gesicht komplett mit Schminke bedeckt war. Im Gegensatz zu den anderen Müttern trug sie ihre Haare kurz. „Was anderes passt mir jetzt gar nicht mehr", sagte sie. Durch die Narben an der Schädeldecke hatten sich andere Haarwirbel gebildet. Mamas Haar war vorne und an den Seiten nicht mehr so dicht. „Lass mich das erst einmal zurechtfrisieren", sagte sie immer. Nach der romantischen Schunkelmusik wechselte die Band wieder zu Liedern für die ganze Familie. „Und jetzt eine ganz bekannte Nummer", sagte der Sänger. Der Akkordeonspieler legte los

und setzte dabei einen Grinser auf, den ich aus dem Musikantenstadl kannte. Manfred sagte über diese Männer: „Das sind alles Schwindlige oder Warme."
„Ja, wer kennt dieses Lied nicht, gell." Der Sänger forderte Kinder und Eltern auf, gemeinsam auf die Tanzfläche zu kommen. Die Hexen und Kätzchen hatten sich gerade erst auf ihre Stühle sacken lassen, da wurden sie schon wieder von den Kindern angebettelt mitzukommen. „Der Vogerltanz!" Der Sänger zog das *e* lang und rollte das *r*. Die Erwachsenen begannen, ihre Hände an die Achseln zu führen und ruderten mit ihren Ellbogen durch die Luft. Sie gingen in die Knie und wedelten von links nach rechts. Die Kinder lachten beim Versuch mitzumachen, bis sich einige der motivierten Sportunion-Mitglieder dazustellten, die einzelnen Bewegungen korrekt ausführten und andere streng anschauten. Eine kleine Meerjungfrau schaute eingeschüchtert auf ihre Füße.

Ich stellte mir vor, wie in diesem Moment die große Flügeltür der Turnhalle aufgerissen wurde. Alle auf der Tanzfläche hielten inne und blickten verschreckt auf die eintretende Lichtgestalt, bis sie feststellten, dass von ihr keine Gefahr ausging. Es war der verschollene Graf, mein Vater, der von seiner Reise durch die Ländereien zurückgekehrt war. Ich schnellte vom Sessel hoch, sodass dieser mit einem lauten Knall umfiel. Niemand sagte „Na geh" oder „Benimm dich", denn ich war die Tochter eines wichtigen Mannes, mit dem sich niemand anlegen wollte. Er führte mich an der Hand hinaus, um mir ein echtes Prinzessinnenkleid zu kaufen. Die Tür knallte laut hinter uns zu, und das Akkordeon fuhr zögerlich mit dem Vogerltanz fort. Seit Manfred *Der Graf von Montechristo* im Fernsehen aufgedreht hatte, wusste ich, dass sich Erwachsene oft sehr lang Zeit ließen. Und vor allem, dass sie nichts vergaßen.

Der Vogerltanz war mittlerweile verklungen. Niemand hatte mich zum Tanzen aufgefordert. Ich saß immer noch mit Mama und Manfred am Tisch. Die Band spielte bekannte Schlager. Die Kinder rannten kreischend durch den Saal und aßen Krapfen, jeder mit den Buchstaben *NÖN*, der Abkürzung für die örtliche Zeitung, angezuckert. Mama hatte für uns alle Krapfen geholt. Es waren ein paar zu viel. „Für deine Schwester", sagte sie und zwinkerte mir zu. „Für die Schwester, die leider krank zu Hause bleiben musste." Die Faschingskrapfen wickelte sie in eine Serviette und steckte sie mit einem verstohlenen Grinsen in ihre Tasche. Dann beugte sie sich über den Tisch zu mir herüber und erzählte mir, was die Tante Mitzi, die Schwester ihres Vaters, früher immer gesagt hatte. „Hier ist es gratis, da musst du essen."

Manfred war das peinlich. „Ich bin der Herr Hofrat", sagte er. „Bald kaufe ich dir ein Pferd und alles, was du dir wünschst." – „Geh, Manfred, jetzt versprich nichts, was du nicht halten kannst", sagte Mama. „Du kannst dir das nicht vorstellen, weil du gegen mich bist. Weil alle gegen mich sind." Manfreds Wangen leuchteten rot. *Geeegn.* Er dehnte den ersten Vokal. Und verschluckte den Rest des Wortes. Er stemmte die Handflächen gegen den Tisch und hievte seinen schweren Körper auf. „Hexen. Euch zeig ich's", sagte er. Manfred steuerte auf Frau

Huber zu. In der Schule schickte sie mich manchmal zum Automaten, einen Cappuccino holen, ohne Zucker. „Der geht direkt auf die Hüften“, sagte sie. Ich stellte mir vor, wie Frau Huber zwei große Würfelzucker wie Polster an ihre Seiten geschnallt hatte. Wie eine Herzkönigin sah sie aus. Heute war sie eine Biene. Zuvor hatte sie sich darüber ausgelassen, dass alle Frauen bestimmt wieder als Hexen oder Katzen gehen würden. Manfred streckte seine Hand aus und forderte Frau Lehrer Biene zum Tanz auf. Die Kinder hatten mittlerweile einige Faschingskrapfen gegessen und liefen mit Zuckermündern durch den Saal, fielen hin und kreischten. Die Erwachsenen kümmerte das nicht. Entweder sie tranken oder sie waren wie Manfred auf der Tanzfläche und schunkelten hin und her. Manfred wirbelte Frau Huber herum, sie lachte und streckte dabei das Kinn in die Höhe und ihm ihre Brust entgegen. Mama drehte sich um, dann wieder zu mir und kniff ihren Mund zusammen. „Da muss ich nachher ein Hendl mit ihm rupfen“, sagte sie.
Ich sah Mama in der Küche. Ein ganzes Huhn vor sich auf der Anrichte. Wie sie es mit gezielten Handgriffen bearbeitete. Nicht sanft, sondern effektiv. Dann kam der Apfel, den sie dem Huhn in den Arsch steckte. „Damit es saftiger schmeckt.“ Die Zunge hatte sich über ihre Oberlippe gelegt.

Mamas Apfelsaft war aus, und etwas anderes wollte sie nicht bestellen. „Zu Hause gibt es den umsonst.“ Wir packten unsere Sachen. Ich zog den Anorak an, um mein Prinzessinnenkleid zu verstecken, und zu zweit, ohne Manfred, gingen wir nach Hause.

9

Manfreds Bauch ragte aus dem Wasser wie eine Boje, die von den Wellen hin- und hergeschaukelt wurde. Ich saß am Beckenrand und drückte meine Zehen in den weichen Gummi der Badeschlapfen. Mama stand mit den Händen in die Hüften gestützt neben mir. Ich sah ihr an, dass sie nicht gerne hier war. Mit ihr ging ich zum Baden immer nur an die Ybbs. Der Fluss, der sich nicht weit von unserer Wohnung entfernt durch die Landschaft schlängelte, war an manchen Stellen breiter und hatte kleine Uferplätze, an die man sich setzen konnte. Das Wasser war das ganze Jahr eiskalt. Selbst während der Augusthitze. Es betäubte einen wie die Schmerzmittel beim Zahnarzt. Kopf und Körper waren zwar miteinander verbunden, aber man spürte sie nicht. Während ich mich sofort bäuchlings ins knöchelhohe Wasser ganz am Ufer legte, tastete sich Mama Zentimeter für Zentimeter vor und klatschte dabei Wasser auf Bauch und Oberkörper, um sich langsam daran zu gewöhnen. „Für dich wäre das Parkbad doch auch besser", versuchte ich sie manchmal zu überzeugen. „Bist du leicht reich? Nur fürs Baden zahle ich sicher keinen Eintritt." Ins Parkbad ging ich deshalb nur mit der Schule oder ab und zu mit einer Freundin. Es wunderte mich deshalb, dass Mama darauf bestand, in dieser Saison so oft ins Parkbad zu gehen. Aber die Lehrerin hatte angekündigt, dass es nächstes Schuljahr im Herbst Schwimmtage im Hallenbad geben würde. Und während ich zwar oft in der Ybbs planschte, konnte ich immer noch nicht richtig schwimmen. Mit fünf hatte mich Mama sogar zu einem Schwimmkurs im Parkbad angemeldet, aber ich hatte mich vor den anderen Kindern und dem Lehrer nicht ins Becken getraut. Sobald ich an der Reihe war, wurden meine Beine steif, und je mehr auf mich eingeredet wurde, desto mehr Tränen schossen mir in die Augen. Jedes Mal, wenn Mama mich abholen kam, stand der Schwimmlehrer vor ihr und erzählte ihr, dass ich noch immer nicht im Wasser gewesen war. Das ärgerte Mama gewaltig. „Da zahl ich dir einen Schwimmkurs, und du gehst nicht mal ins Wasser“, sagte sie zu Hause. „Da kann ich genauso gut Geld zum Fenster hinauswerfen.“ Diesmal musste ein normaler Parkbadbesuch reichen. „Manfred bringt dir das bei“, sagte sie. „Er ist jetzt dein Schwimmlehrer.“ Schon vorher hörte ich die beiden zu Hause darüber flüstern, wie sie es angehen könnten. Manfred sagte: „Sie muss nur sehen, wie viel Spaß Schwimmen macht, dann geht es ganz von allein.“

Manfred trieb bereits eine Viertelstunde mit den Händen auf dem Bauch im Wasser und sah dabei aus wie ein Biber. Mama hatte ihre aufgestützte Hand zur Faust geballt. Mehr als eine Modelpose sah es so aus, als würde sie sich selbst in die Seite boxen. Sie trug den dunkelblauen Badeanzug mit *Bauch-weg*-Effekt, den sie letztes Jahr gekauft hatte. Sie trug nie Bikini. „Dafür bin ich zu alt.“

„So, jetzt gehst du aber auch rein“, sagte sie und drehte sich zu mir um. Ich starrte weiterhin auf meine Füße, obwohl ich wusste, dass Mama es hasste, wenn ich nicht reagierte. „Na komm, oder willst du dich dann beim

Schwimmkurs vor der ganzen Klasse blamieren?" Ich streckte meinen Rücken durch und setzte mich aufrecht hin. Ich wollte mich nicht noch einmal blamieren wie im ersten Turnunterricht an der Schule.

Damals dachte ich, dass ich gut vorbereitet war. Ich hatte Mama extra gebeten, mir einen rosafarbenen Body zu kaufen, genauso wie ihn die Ballerinas trugen. Das war Überzeugungsarbeit, schließlich war das alte Turngewand noch nicht kaputt. Aber da es für den Schulstart war, ließ sich Mama überreden. Ich zog mir in der Mädchenumkleide stolz meinen Body an, in dem ich mich zu Hause schon oft vor dem Spiegel bewundert hatte, und ging zu den anderen in den Turnsaal. Ein Mädchen starrte mich an. „Was bist du für eine blade Sau!" Die anderen drehten sich zu mir um. Ich blickte an mir hinunter. Die Bauchrolle, die mir zu Hause nicht aufgefallen war, wölbte sich nach außen wie eine Eiskugel. Ich sah aus wie ein rosarotes Erdbeereis. Den neuen Body zog ich nie wieder an, dann lieber das alte Turnoutfit.
Das Problem war, dass es beim Schwimmen nicht viele Ausweichmöglichkeiten gab. Es gab Bikini oder Badeanzug. Badeanzug wollte ich nicht, weil er ähnlich wie ein Body war. Beim Bikini war nicht viel zu verdecken. Mirjam sagte trocken: „Dann kauf dir doch einen Tankini." Das Oberteil konnte man an manchen Stellen zusammenraffen und die Eiskugel mit dem Faltenwurf kaschieren. Mein Problem war gelöst. Mamas nicht, denn ich konnte nicht schwimmen. Ich wusste auch, dass sie recht hatte. Ich wollte mich nicht wieder blamieren und in die letzte Leistungsgruppe abgestuft werden.

Ich stand auf und ging zur Schwimmbeckenleiter. Wie Mama tat ich so, als würde ich mich zuerst mit dem Wasser abkühlen. Dabei war das im Parkbad gar nicht nötig. Mama wartete, bis ich ganz im Wasser war und die Leiter nur mehr mit den Händen festhielt. „Und jetzt mach Bewegungen wie ein Frosch“, rief sie mir vom Beckenrand zu. Die Pensionisten, die im Café hinter ihr Eiskaffee tranken, schauten erschrocken auf. Mama hatte eine gellende Stimme, vor allem, wenn sie etwas von mir wollte. Ich machte einen Schwimmzug und hielt mich dann gleich wieder am Beckenrand fest. Ich hatte das Gefühl, mein Bauch würde mich nach unten ziehen. Außerdem hasste ich es, wenn eine Welle über mein Kinn schwappte. Ich stellte mir vor, wie sie mich mitreißen und ich dann auf der Wasseroberfläche treiben würde. Ich drückte mein Bein gegen den Beckenvorsprung, krallte mich mit den Händen am Beckenrand fest und hielt mein Kinn über Wasser. Manfred schwappte neben mir hin und her. Er hatte die Augen geschlossen und lag trotz seiner Körperfülle ganz leicht auf der Wasseroberfläche auf. Es sah aus, als würde er schweben, während ich die Füße in alle möglichen Richtungen stieß. „Wenn du ruhig bleibst, dann ist es das Wasser auch“, sagte er mit noch immer geschlossenen Augen. Ich schaute Manfred zu, wie er weiter vor sich hintrieb, und wurde neidisch. Wenn das trotz seiner kaputten Schulter ging, konnte es nicht so schwer sein. Der große, gespannte Bojenbauch glitzerte und funkelte in der Sonne, und manchmal rauschte Wasser über ihn. Langsam schwamm ich darauf zu und ließ mich auf der Boje nieder. Manfred schnappte vor Schreck auf. Doch als wäre er eine Luftmatratze, ließ er sich nicht aus dem Gleichgewicht bringen. „Und jetzt mach Bewegungen wie ein Frosch", rief Mama wieder vom Beckenrand. Ich lag auf Manfreds Bojenbauch und machte nervöse Bewegungen wie eine Kaulquappe. „Langsamer", hörte ich Mama schreien. „Nimm dir für jede Bewegung Zeit." Mamas Stimme war ein grelles Schusskommando. Plötzlich tauchte Manfred unter. Eine Boje konnte doch nicht untergehen? Manfred schwamm jetzt neben mir, anstatt mich zu sichern. Ich merkte, dass meine Haare nass wurden und ich dabei war unterzugehen. Ich fühlte mich schwerelos. „Schwimmen, Charlotte, schwimmen", hörte ich meine Mutter schreien. Wie auf Kommando schoss mein Kopf wieder nach oben, und zum ersten Mal bewegte ich mich nach vorne anstatt nur auf der Stelle. Ich schwamm zum Beckenrand. „Na schau, sie kann's eh, wenn's darauf ankommt", rief Manfred, der mittlerweile wieder wie eine Boje im Wasser trieb, Mama zu. Ich schob mein rechtes Knie über den Beckenrand auf den Beton und stemmte mich hinauf ins Trockene. Mama warf mir die Badeschlapfen vor die Füße. „Da, zieh die an, nicht dass du Fußpilz kriegst." Mama machte sich bei Krankheiten nicht allzu viele Sorgen. Wenn ich verkühlt war und leichtes Fieber hatte, schleppte sie mich bis auf den Eschenberg hinauf, damit ich dort die frische Bergluft einatmen konnte. „Das ist die eigentliche Medizin", sagte sie. Es gab nur drei Dinge, vor denen sie Angst hatte: Hämorrhoiden, Blasenentzündung und Fußpilz. Und das nur, weil entweder sie selbst oder jemand aus der Familie an diesen Krankheiten gelitten hatte. Wenn Mama nicht hinsah, ging ich ohne Schlapfen über die Fliesen des Parkbad-Bistros, aber statt Freiheit fühlte ich nur schlechtes Gewissen und Angst. Dass ich als Strafe, weil ich Mamas Regeln nicht befolgte, Fußpilz kriegen würde. *Flipp flapp, flipp flapp.* Mama und ich schlürften im selben Rhythmus zurück zu unserem Platz. Unsere Füße pressten das Wasser aus den Schlapfen, das sich vorne bei unseren Zehen gesammelt hatte.

Auf der großen Liegewiese vermischten sich die Geräusche. Der dumpfe Aufschlag von Beachvolleybällen. Kinderkreischen auf der Elefantenrutsche. Rascheln von Pommes-Frites-Tüten. Das Sprungbrett, das vor dem Absprung dreimal durchgefedert wurde. Den Radio-Slogan, den ältere Buben unter dem Wasserfall-Pilz sangen. Das leise Schnarchen der Pensionisten, die auf den Liegen eingeschlafen waren. Das Brummen von Wespen, die um die mit Eisverpackungen vollgestopften Mistkübel schwirrten. „Mama, kann ich auch ein Eis?“, fragte ich. „Haben, heißt das“, antwortete sie. „Außerdem fehlt da noch etwas.“ – „Bitte.“ – „Entweder ein Kaktus oder ein Brickerl.“ Ich durfte maximal einen Euro ausgeben. „Unsereins muss haushalten“, meinte Mama. „Und der Eintritt kostet auch was, nicht so wie an der Ybbs.“ – „Schlapfen nicht vergessen!“, rief mir Mama hinterher. Ich entschied mich für ein Kaktus-Eis. Da hatte ich länger etwas davon wegen der prickelnden grünen Spitze. Insgeheim war das mein Lieblingseis, auch wenn es eines der günstigsten war. Manchmal, wenn die Mama einer Freundin mich einlud und ich mir aussuchen durfte, was ich wollte, nahm ich ein *Bum Bum* und war dann enttäuscht, wie schnell der Kaugummi seinen Geschmack verlor und ich mit der klobigen, dicken Masse am Beckenrand sitzen musste. Zu früh ausspucken ging auch nicht, denn Kaugummikauen war einfach cool.

Auf dem Weg zurück zur Liegewiese sah ich, dass Manfred nicht mehr im Wasser herumtrieb, sondern sich zu jemandem an den Tisch gesetzt und ein Seidl Bier vor sich hatte. Manfred lernte immer neue Leute kennen. Er war das Gegenteil von Mama. Er hatte einen natürlichen Stolz. Manfred kam mit allen ins Gespräch. Am liebsten mit Frauen. Es dauerte nicht lange, und ich hörte sein kehliges Lachen und das brunftige Kichern der Kellnerin. Mich irritierte am meisten, dass er so gut ankam, obwohl er so dick war. Während Mama alles kaschierte, sich unauffällig verhielt, lehnte sich Manfred im Stuhl zurück und streckte der Welt seinen Bauch entgegen. „Einen schönen Mann kann nichts entstellen“, sagte er. Eine seiner Verführungstaktiken war das Singen. Er übte es oft in der Küche. Manfred runzelte dann die Stirn und kräuselte seine Lippen. „Ich brech' die Herzen der stolzesten Frau'n“, sang er. Und: „Mir braucht nur eine ins Auge zu schau'n.“ – „Geh, tu nicht so deppert, Manfred“, unterbrach ihn Mama. – „Weil ich so stürmisch und so leidenschaftlich bin.“ Manfred zwinkerte mir zu und sang weiter. Er machte einen Ausfallschritt und tänzelte über die Küchenfliesen. Dabei kreiste er seine Hüften sanft. Mama verdrehte die Augen.

Schon aus ein paar Metern Entfernung hörte ich Mamas lautes Schnarchen. Ich beschleunigte meinen Schritt und schaute mich um, ob eh niemand aus der Schule hier war.

Ich nahm zwei, drei große Schritte auf einmal und hüpfte über die Wiese. „Mama, Mama", zischte ich. Mama bewegte ihren Kopf von einer Seite auf die andere. Ein dröhnender Schnarcher durchfuhr sie und rüttelte sie wach. Sie schnaufte ein und sah mich verwirrt an. „Bin ich leicht eingeschlafen?" Ich setzte mich auf das Handtuch. „Ja-ha und wie." Ich packte mein Eis aus und ließ meine Zunge über die prickelnde Kaktus-Eis-Schicht gleiten. Ich versuchte die Peinlichkeit wegzustarren. Einfach geradeaus schauen. Cool sein. Dabei erzählte Mama immer noch gerne die Geschichte vom Biene-Maja-Video, das ich nicht zu Ende schauen konnte, weil ich weinen musste, wenn Willi in den Honigtopf fiel. Ich hatte solche Sorge, dass er nicht mehr herauskam. Wenn ich daran dachte, schossen mir die Tränen in die Augen. Ich drehte mich zu Mama um. Sie war wieder eingenickt.

10

Alle solln su Pippi sur gebutsfeier komen. Ansug was ir wolt. Das schrieb Pippi auf die Einladung zu ihrer Geburtstagsfeier. Sie lud Tommy und Annika ein und organisierte alles selbst. Pippi machte mehrere komische Kuchen, die vermutlich gar nicht gebacken waren. Sie füllte heiße Schokolade in Tassen, die Tommy und Annika zuerst austrinken und sich dann über den Kopf stülpen mussten. Sie hatte sogar Geschenke für die anderen besorgt. Das war nicht üblich, aber sie blieb dabei: ihr Geburtstag, ihre Regeln. Sogar der Affe durfte am Tisch sitzen. Zum Schluss gingen sie auf den Dachboden Gespenster suchen. Pippi kümmerte es nicht, was andere über sie dachten. Das beeindruckte mich. Sie hatte zwei gute Freunde, mehr wollte sie nicht. Wenn andere sie komisch fanden, versuchte sie nicht, sich zu ändern. Sie war einfach so, wie sie war. Ich wollte auch sein wie Pippi.

Mama fragte mich: „Was wünscht du dir?“ – „Erdbeeren und Kuchen.“ – „Also Erdbeertorte?“ – „Ja“, antwortete ich und fand das eine noch bessere Idee. Mama ging zum Spar und kaufte fertigen Tortenboden. Sie schickte Manfred in die Landstraße, wo eine Bäuerin einen großen Obststand aufgebaut hatte. Er kam mit einer großen Steige Erdbeeren zurück, nahm eine und fütterte Mama damit.

In der Schule spielten wir Erdbeerstraße. Dafür musste ich meinen Arm frei machen und ausstrecken. Der Arm bildete die Straße, über die Erdbeeren transportiert werden mussten. Bei jeder Erdbeerfuhr wurde ich von einer Schulfreundin gezwickt. Am Ende fuhr noch der Traktor darüber, weshalb mir die Schulfreundin mit der Faust auf den Arm schlug. Nach einer erfolgreichen Erdbeerstraße war der ganze Arm rot. Dann war der andere Arm dran. Wie Jesus, dachte ich und erinnerte mich an die Predigt des Pfarrers über die andere Wange, die man hinhalten musste. Und ich fragte mich, wie hinhalten gehen solle, schließlich kam die Watsche immer unerwartet. Zweimal hatte ich eine bekommen. Einmal, als ich mit dem Fahrrad länger ausblieb, als ich es gesagt hatte und am Vorabend *Aktenzeichen XY* gelaufen war. Diese Sendung schauten wir immer. Mama, Manfred und ich saßen aufgefädelt auf der Couch. Mama stützte ihre Ellbogen auf dem Tisch ab, ihre Hand hielt sie abwechselnd ans Kinn oder vor den Mund. Seit *Aktenzeichen* ließ ich mein Schlafzimmerfenster in der Nacht nicht mehr gekippt. Nicht mal im Hochsommer. Ich hatte gesehen, wie ein Bub im Sommerlager plötzlich verschwunden war. Umrisse einer Hand, Aufschrei des Buben, *psst*, Hand vor den Mund, Abblende. Danach die dünnen Lippen des Moderators, die nach unten zeigten. Sein brauner Anzug, die beige Krawatte. Während wir *Aktenzeichen* schauten, hatte ich ganz still zu sein, damit Mama sich konzentrieren konnte, ob sie jemanden erkannte. Sie sagte: „Man muss den Mördern auf die Schliche kommen."

Ich traute mich seitdem auch nicht mehr im Dunkeln raus. Ein Mädchen war mit dem Fahrrad durch den Wald gefahren, wegen eines gespannten Drahts vom Rad gefallen und dann in einen Holzbunker gesperrt worden, wo sie umgebracht wurde. Der Moderator zeigte eine Skizze davon, wie sie ihre letzten Minuten verbracht hatte. Die Telefone im Studio klingelten, alle wollten den Kindesmörder überführen. In der Sendung gaben sie auch Tipps, wie man Verbrechen vorbeugen oder schneller aufklären konnte. So sollte man sich immer merken, welche Kleidung das Kind oder andere Familienmitglieder trugen, wenn sie das Haus verließen. Mama begann, mich abzuprüfen, bevor ich in die Schule ging. Sie rief mir zu: „Was trage ich heute? Welche Farbe hat mein Pulli?“ Wenn ich es nicht wusste oder es mit der Farbe des Vortags verwechselte, wurde sie wütend. „Was, wenn mir etwas passiert? Dann musst du der Polizei helfen“, sagte sie. „Dann kannst du nicht einfach noch mal nachschauen oder fragen.“

Die Erdbeeren waren in eine Schicht Gelee gepackt. Mama verbot mir, die Torte zu berühren. Dabei wünschte ich mir nichts sehnlicher, weil das Gelee so schön wackelte und durchsichtig war wie eine Luftmatratze, aus der statt Kinderköpfen Erdbeerspitzen hervorlugten. „Wie schaut denn das aus, wenn die Gäste kommen“, sagte sie.

Dieses Jahr durfte ich zum ersten Mal Gäste einladen. Anja hatte Mama gesagt, dass das bei Kindergeburtstagen so üblich sei. Sie meinte: „Gut. In der Familie feiern ist zwar am schönsten, aber wenn du deinen Geburtstag lieber mit Fremden verbringen willst, dann bitteschön.“ Ich wollte meinen Geburtstag wie die anderen aus meiner Klasse verbringen. Ich durfte so viele Leute einladen, wie ich alt war. Manfred hatte gegen einige Kinder etwas einzuwenden. „Nur die Freundschaften zu den richtigen Leuten zählen. Du musst Freundschaften pflegen, von denen du später mal was hast im Leben", sagte er. Ich sah im Augenwinkel, wie Mama ihm *psst* deutete. Kurz darauf schnippte sie ihn an der Schulter. „Meine kaputte Schulter!", rief er. „Das hast du dir verdient, wenn du so redest. Uns geht es nicht ums Geld", sagte Mama. „So berechnend brauchst du mir gar nicht denken." – „Wenn du willst, dass aus deiner Tochter mal was wird, dann schon." Manfreds Wangen hatten sich verfärbt, von gebräunt-ledrig zu rötlich. Manfred schlug mit seiner Handfläche auf den Tisch, packte seine Tasse Tee, den er nur vor Mama trank, und ging hinunter in den Schuppen. Ich entschied, drei Freundinnen einzuladen, die ich vom Ministrieren kannte. Und vielleicht noch zwei andere aus der Schule. Auf zehn, die Anzahl meiner Lebensjahre, kam ich nicht. Außerdem war es Schulgesetz, dass es peinlich war, jemanden einzuladen, der einen selbst nicht eingeladen hatte.

Einladungen wurden in der Schule immer geheim verteilt. Es sprach sich aber herum, wer wen eingeladen hatte. Nicht zuletzt, weil es immer Mädchen gab, die einen glauben ließen, dass man eingeladen würde, am Ende aber doch keine Einladung aussprachen. Ein Schock. Vor allem, wenn es sich um Schulkolleginnen handelte, mit denen ich viel zu tun hatte, die sich aber dafür entschieden, nur die Coolen einzuladen. In meinem Kopf führte ich eine Liste, die ich ständig aktualisierte. Und ich fragte mich, ob es sich auszahlen würde, mich eine Zeit lang besonders einzuschleimen, um dazuzugehören.

Mama nahm die Haube vom Erdbeerkuchen und schenkte allen Kindern Orangensaft in Sektgläser ein. Ich wusste nicht, dass wir diese Art von Gläsern besaßen. Wir feierten sonst nichts. Mit einem tiefen Schnaufer begann sie zu singen. „Zum Geburtstag viel Glück." Die Kinder stimmten mit ein, während ich still auf dem Sofa saß und nicht wusste, wohin ich schauen sollte. Ich starrte die kleinen Kerzen an, die Mama auf die Torte gesteckt und angezündet hatte. Vom langen Ins-Licht-Schauen fingen meine Augen zu tränen an. Eine Freundin schlug vor, jetzt auch *Happy Birthday* zu singen. Mama ging in die Küche und holte den Tortenheber. Vom englischen Text hielt sie nichts, das wusste ich. Aber sie sagte nichts, um die Stimmung nicht zu verderben. Nach dem Kuchenessen ging es ans Geschenkeauspacken, und für danach hatten Mama und ich uns Spiele überlegt. Wir kannten keine Spiele für größere Gruppen und hatten uns deshalb ein Buch aus der Bücherei ausgeliehen. Manche Spiele waren aber so kompliziert erklärt, dass wir schon beim Durchlesen keine Lust mehr darauf hatten. Wir entschieden uns für die Klassiker: Verstecken, Räuber und Gendarm und Topfklopfen. Dazwischen eine Eispause. Als die ersten Mütter zum Abholen eintrudelten, spielten wir ein erfundenes Spiel, das an Vater, Mutter, Kind erinnerte. Als ich in die Küche gerufen wurde, weil mir auch die anderen Mütter zum Geburtstag gratulieren wollten, war ich überrascht. Jede saß vor einem fast leeren Teller und machte Mama Komplimente für die gelungene Torte. Mama, die sich sonst nie mit anderen Leuten traf, gab ihr Rezept mit den Erdbeergeleeköpfchen zum Besten.

Nach meiner Geburtstagsfeier kam es mir. Ich war nicht Pippi. Ich war Annika. Ich dachte mir keine neuen Regeln aus und selbst wenn, gab ich klein bei, wenn meine Freundinnen etwas anderes wollten. Nachdem sie mein Lieblingsspiel Topfschlagen langweilig fanden, hörten wir damit auf. Wenn Mirjam *jetzt* Eis essen wollte und nicht später, so wie ich es geplant hatte, dann fragte ich Mama, ob sie das Eis aus der Tiefkühltruhe holen konnte. Ich hatte mich angestrengt und versucht, die perfekte Geburtstagsparty zu veranstalten. Ich hatte mein bestes Kleid angezogen, weil man sich bei einem Mädchengeburtstag ohnehin nicht dreckig machen würde.
Ich war ähnlich still wie Annika. Nur manchmal sagte ich einen Satz. Meistens ließ ich mich einfach von der Menge treiben. Ich war genauso ängstlich wie Annika. Sie ging nur mit auf den Dachboden zu den Gespenstern, weil Pippi das wollte. Niemals wäre sie auf die Idee gekommen. Ich hätte mich niemals mit den Nachbarsbuben angelegt, hätten die anderen nicht gesagt, dass wir ein Club waren wie die *Wilden Hühner.* Ich war definitiv Annika.

11

„Schinken, Aufstrich, Eckerlkäse, was willst du?" Jedes Wort ein Säuseln. Dann ein Paukenschlag. „Essen." Beim *s* entglitt Manfred die Zunge. Sie sprang nach draußen. Schaum bildete sich in seinem Mund. Er war zu spät zum Abendessen gekommen, weil er eine halbe Stunde gebraucht hatte, um Stufe für Stufe, Schritt für Schritt vom Schuppen ins Wohnzimmer zu gelangen. „Willst du Schafkäse. Ja oder nein?" Er wippte einmal nach vorne Richtung Tisch und dann nach links. „Mama, der Manfred hat was. Mama!" Manfred sackte auf den Boden wie ein aufgeschnittenes Wurstraderl aufs Feinkostpapier. Kein Paukenschlag, aber ein stumpfer Knall. Eine dunkelrote Pfütze breitete sich wie ein Heiligenschein rund um seinen Kopf aus. Sonst noch etwas dazu? „Charlotte, ruf die Rettung! Ich muss beim Manfred bleiben." Ich dachte an die Feinkostverkäuferinnen, bei denen Manfred seinen Charme einsetzte, um noch ein Deka mehr Aufschnitt zu bekommen. Manfred, der von Mama geschimpft wurde, weil er nicht nur ein paar Raderl holte, sondern immer mindestens drei oder vier verschiedene Sorten. „Geh jetzt!", zischte Mama, die neben Manfred auf dem Boden hockte.

Ich wollte aus der Sitzecke heraus, aber vor mir lag der ausladende Manfred. Vor seinem Blut ekelte es mich. Es war dünn wie Wasser und breitete sich in den Rillen der Küchenfliesen aus, die sich zu blutigen Rechtecken verbanden. Ich kletterte vom Sessel auf die Küchenzeile, die

Küche und Wohnzimmer verband, und sprang mit einem Satz hinunter. Da fiel die Fernsehzeitschrift zu Boden. Keine Zeit für Bud Spencer und Terence Hill. Auf unserem Telefon klebten die Notrufnummern. „Hallo hier spricht. Ich wohne in der." Aus der Straße wurden Tränen, die mir die Sicht aufs Telefon verschleierten. Mein Kopf pochte. Ich musste die Hausnummer durchgeben, aber mein Atem ließ mich nicht. Die Stimme fragte nach. Aber ich war in einem schallgedämpften Raum, in dem nichts zu mir drang. Mama riss mir den Hörer aus der Hand und sagte: „Du wartest einfach unten und schaust, dass sie den Weg finden." Ich lief den Gang entlang, im Augenwinkel sah ich den blutenden Manfred in der Küche. Wie lange dauert sterben, Mama? Ich nahm zwei Stufen auf einmal und riss die Tür auf. Draußen war es kalt. Ich stand in meinen Schlapfen vor der Eingangstür.

Von hier aus konnte ich die Baumspitzen des Eschenbergs sehen. Die Hügel zeichneten das Landschaftsbild, rauf und runter, rauf und runter. Erst gestern war ich mit Mama auf den Gipfel gewandert. Sie fünf Schritte hinter mir. Bei jeder zweiten Weggabelung wartete ich auf sie. Wir nahmen immer die kleinen Pfade, die nur in der Mitte ausgetreten waren. Auf denen waren wir schneller. Unten, wo der Weg anfing, wucherte das dunkelgrüne Moos am Rand und schlängelte sich bis auf den Weg. Oben war er erdig und durchzogen von Baumwurzeln und Schneerosen. Wenn mir Leute entgegenkamen, stellte ich mich auf eine Baumwurzel, um sie vorbeizulassen. *Gsgott, Gsgott, griaß di, griaß eink*. Flitternde Silhouetten mit Schweißband und Softshell-Jacke. Paare mit zwei

Kindern und einem Hund. Ältere Frauen mit Nordic-Walking-Stöcken. Ausgemergelte Läufer in Shorts. Der Komische mit dem langen Bart, der in der Lokalpolitik war. „Am Berg wird gegrüßt“, sagte Mama. Die kleinstämmigen Eschen blitzten wie einzelne Pfeiler durch den Fichtenwald. Bei manchen Bänken schaute Maria gnädig vom Marterl herunter. Auf dem Eschenberg sahen wir viele Gesichter in echt und einige auf Papier. Die Kapelle am Gipfel war von oben bis unten zugeklebt mit Parten. Verstorbene Alte, verstorbene Junge. Ein Verstorbener mit vertrautem Nachnamen, bei dem sich Mama fragte, ob sie ihn kannte oder bloß den Bruder oder ob das nicht der war, der früher neben Oma gewohnt hatte.
Direkt am Fuße des Eschenbergs stand das einzige Hochhaus der Kleinstadt. Schweinchenrosa gestrichen hob es sich vom Dunkelgrün der Nadelbäume ab. Zwischendrin hellgrüne Tupfer. Wenn man dem Weg hinunter zum Fluss folgte, kam man an der Rettung vorbei. Daneben der Friedhof. An der nächsten Ecke das Krankenhaus. „Da hat man alles, was man braucht, nah beieinander“, sagten Besucher gerne und lachten dann laut auf. „Naja, natürlich wünsche ich dir, dass du das nie brauchst“, sagten sie dann und konnten nicht aufhören: „Aber den Friedhof, du weißt ja, den werden wir alle einmal brauchen, nimm's mir nicht übel.“

Der Vorhang der Nachbarin war meist zu, aber in den richtigen Momenten schob sie ihn zur Seite. Ich ging auf und ab. Ich hatte Angst, etwas falsch zu machen. Was, wenn die Rettung nicht halten würde, weil ich nur ein Kind war? Ich probte meinen entsetzten Gesichtsausdruck im viereckigen Milchglasfenster an der Haustüre. Meine Lippen glichen denen von Mama, wenn sie traurig war. Ich presste sie aufeinander. Einen Mundwinkel schief. Ich riss die Augen auf und hielt den Kopf schräg nach oben in der Hoffnung, der Wind würde mir ein paar Tränen bringen. Ich hörte den Motor eines Autos, kurzes Abbremsen und wieder Gasgeben. Ich blickte nach rechts um die Häusermauer und sah den großen Notarztwagen die Straße hinunterfahren. Ich lief dem Auto hinterher und winkte mit ausgestreckten Armen, wie ich es machte, wenn Anja wieder für längere Zeit nach Deutschland aufbrach. Das Fahrzeug drehte um und folgte mir. Ich öffnete die Tür für Notarzt und Sanitäter, und noch bevor ich das Haus betreten konnte, stürmten alle die Stiege nach oben. „Wie heißt er mit Vornamen? Herr Manfred, können Sie mich hören? Hören Sie mich? Wie lange ist er schon bewusstlos? Nimmt er Blutverdünner? Hol die Trage!“ Ich stand hinter der Küchenzeile und schaute zu, wie der große Manfred in seinem Trainingsanzug auf die Trage gehievt und dann über die Stiege nach unten getragen wurde. Das blaue Licht des Notarztwagens leuchtete durch die Milchglasscheibe ins Haus. Manfred hatte einen kleinen Schlauch im Mund, der Schaum und Spucke abführte. Es war ein komisches Geräusch wie von einem röchelnden Hund. „Fahren Sie mit?“, fragte der Sanitäter Mama. Sie verneinte und sagte, dass sie später nachkäme. Der Vorhang der Nachbarin war zur Seite geschoben. Sie selbst war nicht zu sehen, aber ich wusste, dass sie, an ihre Küchenzeile gelehnt, alles genau beobachtete. Die gesamte Szene fühlte sich an wie im Film. Ich spielte aber nicht mit, sondern stand nur da und wartete, bis das Auto endlich abfuhr. Bis es draußen war aus unserem Leben und nichts mehr mit uns zu tun hatte. „So eine Sauerei“, sagte Mama, als wir oben angekommen waren. Die Blutlache hatte sich weiter ausgebreitet und war verschmiert bei dem Versuch der Sanitäter, Manfred auf die Trage zu hieven. Mama ging ins Badezimmer und füllte einen Eimer mit heißem Wasser und Allzweckreiniger. Sie nahm den grau gewordenen Fetzen und die Bürste. Das in die Rillen geronnene Blut musste sie mit der Bürste herausschrubben. Der Kotzeimer war zum Bluteimer geworden.

Wir verwendeten immer denselben blauen Eimer, wenn sich jemand übergeben musste und wenn geputzt wurde. Es war ein Eimer für alles. Unverwüstlich. Mama hatte ihn vor Jahren besorgt, als es im Supermarkt eine Aktion auf einen Kübel Obst gab. Solche Dinge kaufte Mama normalerweise nicht. Sie pflückte Obst immer selbst, entweder im Wald oder in fremden Gärten. Außerdem arbeitete sie sich noch immer an den Erträgen der Ribiselernte ab, die Oma, als sie noch lebte, jahrelang vorbeigebracht hatte. Die Marmelade stand, in große Gurkengläser gefüllt, in der Abstellkammer. Auf die Deckel hatte Mama die Jahreszahl geschrieben. Die Marmelade datierte bis vor meiner Geburt. Ich fand die Kammer unheimlich, weil ich mir nicht vorstellen konnte, was vor meiner Geburt gewesen war. Die Ribisel waren weich und matschig. Die kleinen Kügelchen gaben unter dem Druck der Gabel sofort nach. Ich wollte stark sein. Stärker als ein altes Glas Ribiselmarmelade.

Als Mama die letzten Blutreste weggeputzt und den Eimer ausgeschwemmt hatte, sagte sie: „So, jetzt können wir weiter zu Abend essen.“ Ich hatte keinen Hunger, da mir ständig der Kopf auf dem Boden und die sich ausbreitende Blutlache in den Sinn kamen. „Das ist jetzt doch schade drum, die Wurst haben wir ja schon angeschnitten. Der Manfred würde auch wollen, dass wir essen“, sagte Mama. Sie schnitt ihr Käsebrot in kleine Quadrate und führte dann mit dem Finger eines zum Mund. Das machte sie sowohl beim Frühstück als auch beim Abendessen so. Ich aß eine Scheibe Brot und setzte mich dann mit Mama auf die Couch. Sie holte ihr Tagebuch und begann wie immer mit Datum und Ort.

12

„Was, wenn ich nicht will?", sagte ich zu Mama. „Du wirst aber wollen müssen." Das Krankenhaus hatte angerufen. Manfred war auf der Intensivstation, aber ansprechbar. Besuch nur am frühen Nachmittag möglich, zwischen 13 und 15 Uhr. Die Rillen der Küchenfliesen waren immer noch rötlich gefärbt. Das war mir gleich in der Früh aufgefallen, als ich mich zum Frühstück setzen wollte. Ich hatte einen großen Sprung über das Phantom von Manfred gemacht, das sich in meiner Vorstellung für immer hier niedergelassen hatte und mich zu sich runterziehen würde, wenn ich unabsichtlich darauf stieg. Mama hatte mir eine Schüssel *Nougat Bits* hingestellt, die ich ohne Milch aß. Jeden dritten Tag öffnete ich deshalb eine neue Schachtel. Dazu Filterkaffee. Seit der Gehirnblutung trank Mama nur entkoffeinierten Kaffee, denn sie musste auf ihren Blutdruck aufpassen. Ich hatte sie überredet, mir auch davon zu geben. Seitdem machte Mama den Kaffee noch wässriger als sonst. Ich war überzeugt, dass man durchsehen könnte, wenn der Kaffee in einem Glas serviert würde. Nach jedem Schluck leckte sie über den Häferlrand, um den herunterlaufenden Tropfen aufzufangen, und ließ den Inhalt von einer Seite auf die andere schwappen, indem sie die Tasse hin- und herschwenkte. Ich wusste nicht, warum genau sie das tat, schließlich war auch ein Löffel im Häferl. Den hielt Mama aber jedes Mal fest, wenn sie einen Schluck nahm, damit er ihr nicht in die Quere kam. Er war dazu da, in ihren Kaffee die Haltbarkeitsmilch einzurühren. Die lagerte sie in der Kammer und kaufte sie nur in Aktion.

Mama war noch nicht mit ihrem Brot fertig, da klingelte das Telefon. Ich dachte an gestern. Wie ich den Hörer in der Hand hielt und die Zeit plötzlich stillzustehen schien. Die Geräusche sich nach innen drehten und in mir alles brummte und krächzte wie ein Radio mit Funkstörung. Ich wusste jetzt, dass ich auch im Notfall zu nichts gut war. Bisher hatte ich mir vorgestellt, wie heldenhaft ich handeln und dann von allen gefeiert werden würde. Aber eine Hirschkuh konnte maximal röhren und davonlaufen. Sie konnte keine Heldin am Telefon werden. Nach ihrem Telefonat hatte mir Mama mitgeteilt, dass wir Manfred besuchen müssten. Ich wollte nicht, wusste aber, dass sich Mama schon entschieden hatte und mir so lange ein schlechtes Gewissen machen würde, bis ich so tat, als würde ich aus freien Stücken mitkommen. Also setzte ich mich auf die Sessellehne, sodass Mama meine Haare flechten konnte. Sie kämmte und riss an verfilzten Stellen. Im Gegensatz zu Sissi hatte ich leider keine Kammerzofe, die mein Haar ganz sanft hundert Mal bürstete, sondern nur Mama, die ihre Wut an meiner Kopfhaut ausließ. „Heute mache ich keine zwei Zöpfe", sagte sie. „Für so etwas habe ich keine Geduld." Mama war nervös, seit sie aufgestanden war. Ihre Ruhe vom Vorabend war in Unruhe übergegangen. Trotz allem wirkte sie entschlossen. Als hätte sie eine Art inneren Antrieb. Schon als ich sie heute Morgen in der Essnische sitzen sah, wirkte sie selbstsicherer als sonst. Als würde sie nicht in Leggings und Pullover Müslischalen herrichten, sondern ein goldenes Cocktailkleid tragen und an einem Drink nippen. Diese innere Sicherheit kannte ich von Mama nicht. Ihr Bauch war angespannt, ihre Schritte setzte sie weit und fest. Ganz anders als sonst. Mamas Körper war eigentlich ein weicher Gymnastikball mit langem Hals, den sie immer nach oben streckte, um die fehlende Körpergröße wettzumachen. Ich sah Mama zu, wie sie sich für den Krankenhausbesuch fertigmachte. Körperpflege war für sie reine Effizienz. Kein Wohlfühlmoment, keine Sekunde zu viel vor dem Spiegel. Die kurzen schwarzen Haare scheitelte sie zuerst mit dem Kamm, dann nahm sie die Bürste mit den Naturborsten und frisierte zweimal über jede Seite. Mit dem Labello strich sie kurz über die Oberlippe und presste dann beide Lippen zusammen, um ihn gleichmäßig zu verteilen. „Du kannst dich schon anziehen, wir gehen."

Ich hatte zum ersten Mal Schwierigkeiten, mit Mama Schritt zu halten. Anstatt wie sonst über den Friedhof zu schlendern und kurz beim Familiengrab innezuhalten, schlug sie den direkten Weg zum Krankenhaus ein und fertigte die vorbeikommenden Leute mit einem kurzen *Gsgott* ab.
„Sind Sie sicher, dass das Kind mit rein will", sagte die Schwester und schaute meine Mama an. „Das richtige Leben kann nicht früh genug beginnen", antwortete Mama. Ich hängte mich bei ihr ein und folgte ihr in Manfreds Zimmer. Sein großer Körper auf einem kleinen Bett. Um ihn herum Monitore und Kabel. Ein Schlauch steckte in seiner Nase. Er begrüßte uns so, als wäre nichts gewesen. Sein Gesicht war weich und aufgedunsen wie

ein Faschingskrapfen mit extra Marillenfüllung. Mit seiner großen Hand griff er nach Mamas. Sie tätschelte sie nur, anstatt sie zu umfassen. Ihr Körper spannte sich an. „Wartest du bitte draußen“, sagte sie, ohne sich zu mir umzudrehen. Ich setzte mich auf einen der weißen Plastikhocker. Nach einiger Zeit bemerkte ich, wie mich eine Schwester von links traurig anschaute. Mit dem mitleidigen Gesichtsausdruck, den nur Erwachsene aufsetzen konnten, ohne es so zu meinen. „Das tut mir leid mit deinem Papa.“ Ich starrte sie an. „Das ist nicht mein Papa.“ Die Schwester riss ihre Augen kurz auf. Ich sah ihr an, dass sie überrascht war. Sie hatte es ja nur gut gemeint. „Achso, naja, aber leid tut es mir trotzdem.“ Ich stand auf. „Danke“, sagte ich und tat so, als würde ich mir die Aushänge auf dem Schwarzen Brett durchlesen. Intensivstationen waren ganz anders als Frauen- und Geburtenstationen. Anstatt Dankeskarten hingen hier nur Flyer mit Informationen zu ernsten Themen. Damit die Intensivstationspatienten, die Glück hatten und auschecken durften, direkt mit der Lebensumstellung beginnen konnten. Ihren Cholesterinspiegel senken. Nie wieder ein Bier trinken. Keine Mehlspeisen mehr essen. Ein neues Leben halt.

Auf dem Weg zum Ausgang, an Schwestern und Ärzten vorbei, presste Mama ihre Lippen aufeinander und sagte kein Wort. Erst als wir aus dem Krankenhaus draußen waren, begann sie zu seufzen. „Der Manfred wird jetzt eine Zeit lang nicht bei uns wohnen.“ – „Was, warum?“ Mama schwieg und setzte ihren Weg mit dem Blick auf die Kieselsteine gerichtet fort. Zu Hause putzte sie sich die Schuhe auf der Fußmatte ab. Außenkante rechts, Außenkante links. Erst dann gab sie mir Antwort: „Weil mir das nicht gefällt, was er macht.“ Ich fragte: „Was gefällt dir nicht?“ Wieder Schweigen. Mama wirkte beleidigt. Das war auch immer so, wenn wir einen Streit hatten. Stundenlang wurde nichts geredet. Wenn ich in der Zwischenzeit etwas brauchte, wurde das zwar erledigt, aber ohne Worte. Nach Stunden begann Mama dann plötzlich wieder zu sprechen. Sie erzählte dann eine Anekdote, irgendetwas Lustiges, oder stellte kleinlaut eine Frage. Ich spielte mit. Wenn ich wieder mit dem Thema begann, das sie verstummen hatte lassen, dann würde sich das Brechen des Schweigens um weitere Stunden nach hinten verschieben, und die Vergebung erst recht.

All die Anspannung von vorher verließ Mama, sobald wir oben im Wohnzimmer angekommen waren. Mamas Gummiballkörper sackte auf die Couch nieder. In diesem Moment fiel mir auf, dass sie da schon lange nicht mehr gesessen hatte. Der Platz war ihr mit Manfreds Auftauchen abhandengekommen. Meistens stand sie gekrümmt über der Abwasch. *Eine neue Liebe ist wie ein neues Leben. Nananana.* Mama stützte ihre Ellbogen am Couchtisch ab und faltete die Hände über ihr Gesicht. Das Telefon klingelte zum zweiten Mal an diesem Tag. Das war ungewöhnlich, seit Manfred bei uns wohnte. Früher hatte Anja mindestens einmal pro Woche angerufen und sowohl mit mir als auch mit Mama lange geplaudert.
Mama flüsterte am Telefon. Nicht, weil sie vor mir etwas zu verheimlichen gehabt hätte, sondern weil ihr das

Gespräch sichtlich unangenehm war. Wenn sie manchmal Worte lauter wiederholen wollte, kamen sie nur mit einem Krächzen über ihre Lippen. Sie legte auf. „Der Heinz kommt später vorbei, ein paar Sachen vom Manfred holen.“ Mama schob ein leises *dass du dich nicht wunderst* hinterher.

Heinz war Manfreds älterer Bruder, der aber jünger aussah als er. Er war schlank, trug statt Trainingsanzug Jeans und Sakko und arbeitete im Magistrat. Immer wenn Manfred etwas brauchte, rief er ihn an, und er organisierte es. Heinz hatte uns unseren ersten Computer gebracht, der in Mamas Schlafzimmer stand. Manchmal durfte ich darauf Moorhuhn-Jagd spielen. Wenn ich davon genug hatte, schob ich einfach die Mappen und Dateien am Desktop hin und her oder stellte Karl Klammer oder dem Zauberer Merlin ein paar lustige Fragen. Mama war nicht vollends überzeugt von dem Computer. „So ein neumodisches Klumpert.“ Über Heinz sagte sie nur, dass er etwas Besseres wäre. „Er gehört nicht zu unsereins, er ist ein Angeber.“ Sie fügte hinzu: „Das sieht man schon seiner Frau an, die sich die Fingernägel machen lässt und immer aufgetakelt herumläuft. Die hat bestimmt noch nie in ihrem Leben ernsthaft gearbeitet.“ Heinz kam noch am selben Tag direkt nach der Arbeit vorbei. Im Anzug. Sein Blick landete auf mir. „Wie viel hat sie mitgekriegt?“, fragte er gedämpft. Gefolgt von einem gehauchten „Das tut mir leid“. – „Dafür kannst du ja nichts, mach dir keine Vorwürfe.“ Dann streckte Mama ihm zwei gepackte Reisetaschen entgegen. „Fürs Erste.“

13

„Bist du ihn endlich losgeworden?“, fragte Marcel. Mama schwieg. Sie räumte die Werbeprospekte auf, die sich in den letzten Monaten auf der Küchentheke angesammelt hatten. Sie kochte auf einem kleinen Bereich neben Ofen und Spüle, damit auf der langen Oberfläche Platz war für alte Zeitschriften, Werbeflyer und Briefe. Sie sichtete die Prospekte immer sofort und notierte sich die wichtigsten Angebote und ihren Gültigkeitszeitraum oder schnitt Rabattmarkerl aus. „Na, ist er jetzt endlich weg?“ Marcel wiederholte seine Frage. „Er ist jetzt erst mal im Krankenhaus“, sagte Mama. „Aha, schau an.“ Marcel schaute mich mit einem Grinsen an. „Was dafür wohl der Grund sein wird, frag ich mich.“ Marcel sprach mit Mama und grinste mich weiter an. Ich saß auf der Couch, vor mir auf dem Tisch ein Blatt Papier. „Hat er wieder einmal zu viel gesoffen?“ – „Geh, der Manfred trinkt ja gar nicht.“ – „Aja, Charlotte, hast du gehört, er trinkt gar nicht.“ Marcels Stimme wurde lauter. Er hörte nicht auf, mich anzugrinsen. Ich malte mit Buntstiften das Kleid der Prinzessin aus, das ich mit Bleistift vorgezeichnet hatte. „Hast du gehört, der Manfred trinkt angeblich gar nicht.“ Marcel stellte sich direkt neben mich an den Tisch. Sein Schatten war über meinem Prinzessinnenbild zu sehen. Ich beugte mich ganz nah über mein Blatt, um besser sehen zu können. „Hast du gehört?“ – „Ich zeichne gerade“, antwortete ich. „Immer den ganzen Tag zeichnen.“ Marcel riss mir das Papier unter den Händen weg. „Jetzt gehst du einmal raus. Den ganzen

Tag drinnen sitzen ist nicht gesund." – „Geh, jetzt lass sie halt, Marcel", sagte Mama. Ich ruckelte ganz nach hinten auf die Couch und bewegte mich keinen Zentimeter. „Hast gehört?" Ich sagte nichts. Ich schaute auf meine Finger. Der kleine schaute zum Zeigefinger hinüber und begann mit ihm zu sprechen. „Darf ich fernschauen?", fragte der kleine Finger den Zeigefinger. „Nein, Fernsehen ist nur etwas für faule Leute." Der Daumen ergänzte: „Und wir sind die Billigsdorfers." „Jetzt lass meine kleine Schwester doch fernschauen", meldete sich der Ringfinger zu Wort. Ich fand, dass die Finger meiner linken Hand freundlicher aussahen als die meiner rechten Hand. Vielleicht weil ich sie mehr benutzte. Oder es lag an den Fingernägeln. Die Finger der rechten Hand sahen griesgrämig und unfreundlich aus. Die der linken waren schön und gut gelaunt. Die Hände waren Nachbarn, rechts wohnte die böse Familie und links die gute.

„Jetzt sitzt sie da nur so dumm", schrie Marcel. „Euch ist ja auch nicht mehr zu helfen!" Marcel knallte die Tür zu. Ich hörte ihn die Stiegen nach unten poltern. Seine Schlapfen zog er hinter sich her. Ich griff nach der Fernbedienung und schaltete ein, ohne zu fragen. „Das ist so aber nicht ausgemacht", sagte Mama. Ich drehte die Lautstärke hinauf und hoffte, dass Marcel den Fernseher noch hören konnte. Sicherheitshalber machte ich die Balkontüre auf. Der Fernseher stand auf Maximallautstärke. Marcel würde ihn hören, wenn er draußen war und wegfuhr. Ich holte mein Zeichenpapier, das ein paar Falten abbekommen hatte, und begann eine zweite Prinzessin zu malen, eine Schwester für die erste.

Ich wünschte mir oft eine extra Schwester. Eine, die nicht so alt war wie Anja, sondern eine in meinem Alter. Die noch zu Hause lebte. Mit der ich mich gemeinsam gegen Marcel wehren konnte und die in der Schule auf mich aufpasste, wenn die anderen gemein zu mir waren. Ich malte eine Prinzessin mit langen schwarzen Haaren ohne Narben.

14

„Fürchtet euch nicht, ich bin mit euch. Habt keine Angst, ich bin euer Herr und Hirte“, sagte der Religionslehrer. Ich sah, wie sich einige Kinder verstohlene Blicke zuwarfen und sich die Hand vor den Mund hielten, um nicht zu kichern. Andere schauten starr nach vorne. „Wann hattet ihr zum letzten Mal Angst?“, fragte der Religionslehrer. Er teilte Post-its in unterschiedlichen Farben aus. Auf das rote sollten wir schreiben, wann wir zum letzten Mal Angst hatten, und auf das blaue, was wir dann gemacht haben. Ehrlich sollten wir sein. Wir könnten die Zettel auch einfach für uns behalten. Nur wer wollte, sollte aufzeigen und vorlesen, was er aufgeschrieben hatte, und vielleicht trauten sich dann auch andere. Der Nachbarsbub, der mit mir in der Klasse war, meldete sich. Wenn er alleine unterwegs war, tat er extrem schüchtern, aber in der Schule spielte er sich auf. „Was hat dir zum letzten Mal Sorgen bereitet?“, fragte der Religionslehrer. „Als der Notarztwagen. Mit lautem Tatütata. Und mit Blaulicht.“ Ich konnte seinen Sätzen nicht folgen. Ich dachte, er hätte nichts davon mitbekommen. Niemand hatte sich bei uns erkundigt. Niemand hatte etwas gesagt bis heute. Mein Hals schnürte sich zu. Ich spürte das Knäckebrot von der großen Pause in meinem Mund und schluckte es hinunter. *Leicht und cross*. Ich starrte auf meine Zettel. Belanglosigkeiten standen da drauf. Ich spürte seinen Zeigefinger auf mir. Wie sich alle Kinder nach mir umdrehten. Ich war schuld, dass er Angst gehabt hatte. Ich dachte an Manfreds Blut in den

Rillen und wie ich über den Küchentresen geklettert war, um zum Telefon zu gelangen. Der Nachbarsbub war bestimmt noch nie bei so etwas dabei gewesen. Ich hoffte, er würde einfach aufhören zu reden und seinen Zettel an die Pinnwand heften. Aber er begann zu erzählen, wie Manfred auf einer Trage aus dem Hauseingang hinaus und in den großen Notarztwagen hineingeschoben worden sei. So eine Angst habe er gehabt. Dass etwas ganz Schlimmes passiert sei. Dass jemand gestorben sei.

Ich dachte dass das, was mit Mama besprochen wurde, unter uns bleiben und nie an die Außenwelt dringen würde. Ich dachte, dass es ein Geheimnis war, von dem niemand erfahren würde. Dass Manfred nur ein Freund des Hauses war, zum Beispiel, der hier nicht wohnte. Der Nachbarsbub hatte mit Nur-einmal-Aufzeigen mein Geheimnis gelüftet. Ich überlegte, ob ich meine Schultasche packen, aufstehen und nach Hause gehen sollte. Dann könnte ich Mama fragen, was ich jetzt sagen sollte. Was wir den anderen erzählen sollten. Ob ich sagen durfte, warum Manfred wirklich im Krankenhaus war, ob ich bei der Geschichte bleiben sollte, oder ob wir uns etwas Neues ausdenken sollten. Oder, oder, oder. Mama, Mama, Mama, wenn ich jetzt gehe, fällt es auf. Dann werden sie dich anrufen und fragen, was zu Hause wirklich passiert ist, dachte ich. „Schadensbegrenzung. Wir müssen jetzt Schadensbegrenzung betreiben“, hörte ich Erwachsene oft sagen.
„Charlotte, willst du dazu nichts sagen?“, fragte der Religionslehrer. Ich hob meinen Kopf und begriff, dass er die Frage nicht zum ersten Mal gestellt haben konnte.

Zu viele fragende Gesichter schauten mich an. Ein Tuscheln aus der letzten Reihe. Ich traute mich nicht zu lügen. Schon gar nicht in Religion. Da würde Gott ganz genau zusehen, war ich überzeugt. „Der Freund meiner Mutter ist umgefallen", brachte ich hervor. „Oje", sagte der Religionslehrer bestürzt. „Was hatte er denn? Einen Herzinfarkt?" Wenn es von ihm kam und ich dazu nickte, war es keine Lüge, nur ein Missverständnis. „Ist dir das zu viel, darüber zu reden?", fragte er. Ich nickte noch einmal. Der Religionslehrer begann mit einer längeren Rede zu schlimmen Ereignissen, Angst und dass es dafür nicht immer eine Lösung gab. Aber Gottes Liebe und die Hoffnung könnten uns helfen, damit besser umzugehen. Die Glocke läutete. Auf dem Weg nach draußen fragten mich ein paar der coolen Mädchen, was denn genau passiert sei. Ich sagte nur: „Nachher, ich muss dringend." Ich lief aufs Klo und blieb dort bis zum Stundenläuten. Dann schlich ich mich an der Lehrerin vorbei und betrat kurz vor ihr das Klassenzimmer. Ich hoffte, dass die anderen Manfreds Unfall bis zur nächsten Stunde vergessen hatten. Als ich mich hinsetzte, grinste mich der Nachbarsbub an und zeigte mit dem Finger zur Wand. Der Religionslehrer hatte alle unsere Post-its zum Thema Angst aufgehängt. Darüber stand in großen Buchstaben: *Fürchtet euch nicht, denn der Herr ist mein Hirte.* Ich fühlte, wie mein Bauch warm und mein Hals eng wurde. Meine Arme spannten sich an, und mit der rechten Hand drückte ich meine Füllfeder, bis meine Fingerknöchel weiß wurden. In meinem Poesiealbum hatten andere Mädchen über mich geschrieben, dass ich immer ein Lächeln im Gesicht trug und nie böse war. Das schätzten sie so an mir. Ich kannte meine Wut nicht, aber da war sie. Meine Augen wurden schmal, und ich starrte ihn an. Fast hatte ich ihm geglaubt, dass ihm der Notarzteinsatz Angst gemacht hatte. Ich müsste jetzt mit dem Religionslehrer sprechen. Er wollte sichergehen, dass bei mir zu Hause alles in Ordnung war. Ich ging im Kopf die Sätze durch, die Mama mich auswendig lernen hatte lassen. Das Wichtigste dabei war, eine richtige Mischung aus Schönmalerei und Realität zu erwischen. „Eine Szene wie aus einem Rosamunde-Pilcher-Film glaubt dir keiner“, sagte Mama. Viel glaubwürdiger war so etwas in der Art: „Es war schwierig, aber jetzt geht es wieder bergauf.“ Erwachsene mochten es, wenn man einen Plan hatte. Wenn sie sich nicht selbst um etwas kümmern mussten. Ich sagte dem Religionslehrer, dass es schwierig war mit Manfreds Gesundheit. „Aber jetzt ist er auf dem Weg der Besserung und fährt sogar auf Kur.“ Der letzte Teil war eine Lüge. Ich würde es beichten müssen. Hoffentlich zählte es nicht doppelt, wenn man einen Religionslehrer anlog. Dann würde ich ein Vaterunser zusätzlich oder sogar einen Rosenkranz beten müssen.

Einmal bekam ich zum üblichen Vaterunser noch eine Schmerzensreiche Maria dazu, obwohl meine Sünden gar nicht so schlimm waren. Da ich darauf nicht gefasst war und das Gebet nicht auswendig gelernt hatte, tat ich nur so, als würde ich es beten. Bis mir während des So-Tuns auffiel, dass ich nicht wusste, wie lange das Gebet dauerte, und dass es bestimmt auffallen würde, wenn ich zu früh fertig war. Dass es aber auch Aufmerksamkeit erregen würde, wenn ich zu lange brauchte. Dann würden mich im Nachhinein andere aus der Klasse fragen, warum ich denn so lange gebetet hätte, ob ich denn eine richtig arge Sünde begangen hätte. Bei jedem Beichten wollten alle aus der Klasse wissen, wer diesmal die ärgste Sünde hätte. Einige versuchten sogar, andere dazu zu überreden, eine erfundene Sünde zu beichten, um den Pfarrer zu schockieren. Doch das traute sich eh niemand. Deshalb wurde darauf geachtet, wer beim Beten wie lange brauchte und wer mehr als ein Vaterunser betete.

Der Religionslehrer gab sich jedenfalls mit der Ausrede zufrieden. „Wobei man natürlich nicht außer Acht lassen darf, wie sehr so ein Ereignis die Nachbarskinder traumatisieren kann“, sagte er. „Kann deine Mutter nicht mit den Nachbarn sprechen?“

Mama reagierte mit Lachen. „Als ob ich damit bei den Nachbarn hausieren ginge“, sagte sie. „Die interessiert das sowieso nicht, außer für den Dorftratsch.“

15

Beim Frühstück bat mich Mama um einen Gefallen. Ich sollte bei den Nachbarn etwas für sie holen. Ich wollte nicht. Ich ging nicht gerne zu den Nachbarn hinüber. Dem älteren Buben fiel immer etwas Gemeines ein, um mich zu ärgern. Einmal hatten sie alle *König der Löwen* geschaut, und ich kam genau an der Stelle ins Wohnzimmer, als der Vater des Babylöwen starb. Der Babylöwe weinte, ich weinte. Von da an weigerte ich mich, diesen Film anzuschauen.

„Jetzt hilf mir doch einfach", sagte Mama. „Ein braves Kind hilft seiner Mutter." Ich schleckte mir die Finger ab, auf denen *Nougat-Bits*-Brösel klebten. „Was brauchst du denn?" – „Also, es ist so, dass ich der Nachbarin schon vor langer Zeit meine Bananenbiegemaschine geliehen habe, und die brauche ich heute Nachmittag." – „Geh, das gibt's doch gar nicht, du verarschst mich." – „Du kennst dich halt nicht aus. Die habe ich oft verwendet, als ich noch in Deutschland gelebt habe, und dann habe ich sie nach Österreich mitgenommen." – „Geh." – „Na, was glaubst denn du, warum unsere Bananen derzeit so krumm sind und die von der Nachbarin gerade?" Ich fühlte mich ertappt. Ich wusste gar nicht, wie die Bananen der Nachbarin aussahen. Eigentlich sollten meine gerade sein, damit sie in die Jausenbox passten und nicht in der Schultasche herumkugelten. „Warum gehst du dann nicht rüber, wenn du sie unbedingt brauchst?", fragte ich. „Kann ein braves Kind seiner Mutter nicht einmal einen Gefallen tun? Als würde ich dich so oft um etwas bitten …"

Als ich bei den Nachbarn läutete, öffnete mir die Kleinste, die noch Windeln trug. „Deine Mama hat sich etwas von meiner Mama geliehen", sagte ich. „Kannst du sie um die Bananenbiegemaschine fragen? Die Mama braucht sie heute." Sie ging rein und kam mit ihrem älteren Bruder wieder heraus. Ich musste ihm meine Bitte noch mal vortragen. Er ging ins Haus und holte den ältesten Bruder, der mich immer ärgerte. Alle standen vor mir und schauten mich an. „Was brauchst du? Eine Bananenbiegemaschine?" Der Älteste rief: „Maaama!" Bei uns am Land war das erste *a* von Mama immer langgezogen. Es war kein elegantes, das zweite *a* betonendes Mamà wie in *Sissi*. Es war ein lautes Mama mit drei *a*. Die Nachbarin erschien, hinter ihr ihr Mann, der immer Hosenträger trug, Holz fällte und manchmal, wenn er betrunken nach Hause kam, das Schlüsselloch nicht fand und draußen warten musste. „Ich hab deiner Mama nichts geliehen", sagte sie. „Was willst du? Eine Bananenbiegemaschine?", brummte er. Die ganze Familie schaute mich an. Die Kleinste kicherte. „Was kann man denn damit überhaupt machen?", fragte die Nachbarin jetzt. „Na, die krummen Bananen geradebiegen." Ich erklärte es ihr mit derselben Selbstverständlichkeit, mit der es Mama ein paar Minuten zuvor getan hatte. Als ich es selbst laut aussprach, fiel mir auf, wie dumm es war. Im Supermarkt verkauften sie schließlich krumme Bananen. Wenn man sie biegen könnte, würden sie dort gerade verkauft werden. Außerdem waren sie weich, man konnte

sie gar nicht biegen, ohne sie zu zermatschen. Lachen. Es kam aus der Richtung unserer Wohnung, von unserem Balkon. Ich schaute nach oben. Mama hatte sich über den Balkon gebeugt. Sie krümmte sich vor Lachen. Sie schlug mit der flachen Hand auf das Geländer. Sie hatte mich reingelegt. Es gab überhaupt keine Bananenbiegemaschine. Ohne mich von den Nachbarn zu verabschieden, rannte ich zu unserem Haus hinüber.
Ich schlug die Tür hinter mir zu und nahm zwei Stufen auf einmal. Als ich im Wohnzimmer ankam, machte Mama gerade die Balkontür zu. Mir war heiß. Am liebsten hätte ich mich direkt unter die kalte Dusche gestellt. Mama hielt sich an der Küchentheke fest. Ihr Kopf war rot. Unter ihren Lachkrämpfen brachte sie mit gepresster Stimme hervor: „April, April!" Mein Körper wurde zu eng für mich. Ich wollte aus mir selbst heraussteigen und so etwas nicht erleben.

Ich verbrachte den ganzen Vormittag in meinem Zimmer. Wenn Mama anklopfte, schrie ich: „Nein!" Ich ärgerte mich. In einem Mickey-Mouse-Heft stand, dass es ein guter Aprilscherz war, jemandem ein Furzkissen auf den Sessel zu legen oder Salz auf die Zahnbürste zu geben. Darauf wäre ich vorbereitet gewesen, aber nicht auf die Erfindung einer Maschine, die es nicht gab. Ich hatte damit gerechnet, dass mich jemand in der Schule reinlegen würde, aber nicht Mama. Sie klopfte und wollte reden. Sie räusperte sich immer noch, um ihr Lachen zu verbergen.
Wenn Mama einmal zu lachen begann, konnte sie nicht mehr aufhören. Das sei schon so gewesen, als sie noch

zur Schule ging, hat sie mir erzählt. Einmal habe sie so laut lachen müssen, weil ihre Sitznachbarin gepupst hatte, dass sie sich trotz mehrmaliger Ermahnung nicht einkriegen konnte. Daraufhin habe sie der Lehrer abgewatscht, und ihre Wange sei den ganzen Tag lang weiß von der Kreide gewesen. „Euch geht's gut", sagte sie deshalb oft. „Jetzt dürfen die das gar nicht mehr in der Schule." Mama konnte auch Ewigkeiten über eine lustige Szene im Film lachen. Zusammenreißen. Das war so ein Wort, das Erwachsene oft gebrauchten. In der Schule hieß es oft: „Reiß dich zusammen." Als würde der Witz einen zuerst auseinanderreißen, sodass man sich wieder zusammenreißen musste.

„Du, wieso sollte es denn Bananenbiegemaschinen geben?", fragte sie mich plötzlich. Mama tat jetzt so, als wäre so eine Maschine völlig abwegig. „Es wäre wirklich platzsparender, wenn man Bananen gerade biegen könnte", sagte ich. „Geh, so ein Blödsinn. Warum tun sie das dann nicht im Geschäft, ha?" Anstatt sich zu entschuldigen, zählte Mama mir eine Reihe von Gründen auf, warum ich ihr von Anfang an nicht hätte glauben dürfen. „Mit dir rede ich nicht mehr!", schrie ich.

Ich knallte die Tür hinter mir zu und schaltete den PC ein. Die Samba-Musik von *Sims 1* dröhnte mir entgegen, weil ich vergessen hatte, die Musikboxen runterzudrehen. Es ärgerte mich, dass ich mir keine *Nougat Bits* mitgenommen hatte. Jetzt konnte ich nicht mehr in die Küche gehen, weil Mama sicher irgendeinen blöden Kommentar über die Bananenbiegemaschine fallenlassen würde. Ich musste ihr außerdem noch verbieten, dass sie die Geschichte weitererzählte. Nicht, dass sie beim Einkaufen eine andere Mutter traf und sich das dann in der ganzen Schule rumsprach. Dann würde Tobi auch davon erfahren, und es würde sicher nie etwas werden zwischen uns. Ich klickte auf ein Haus in Schönsichtingen. Der Cursor ruckelte ein Haus weiter, und Familie Grusel wurde geladen. *Koman snala. Koman da slot.* Die Sims-Familie begann, miteinander zu sprechen. Um zurückzugelangen und meine eigene Familie zu laden, musste ich wieder lange warten. In der Zwischenzeit ging ich zum Fenster und schob den Vorhang zurück. Die Nachbarskinder, die mich vorher noch wegen der Bananenbiegemaschine ausgelacht hatten, waren draußen und spielten. Das jüngere Mädchen malte mit Straßenkreide Figuren auf den Boden. Darunter eine Banane. Ich zog den Vorhang zu. Ich hoffte, es würde später noch regnen und alles wegwaschen.

Ich hatte mir eine perfekte Sims-Familie erstellt. Sie war inspiriert von der Familie aus der Kirche. Große Lippen und voluminöse Haare. Das Laden von Sims dauerte ewig, und manchmal stürzte der Computer ab. Dann musste ich ihn noch mal hochfahren, und die Spielstände waren weg. Oft spielte ich ein Spiel von neuem bis zu dem Stand, an dem mir der Computer abgestürzt war. Die perfekte Familie hatte mittlerweile ein kleines Kind. Ich entfernte im Baumodus Türen und Fenster, sodass das Kind komplett von seiner Familie abgeschnitten war. Die Mutter raufte sich ihre Föhnfrisur und ging in die Knie. Dann kamen auch schon die Leute vom Jugendamt. Es dauerte nie lange, bis sie kamen und das Kind mitnahmen. Die Sims-Werte des Kindes mussten nur rot genug sein. Dann hatte man auch keine Chance, das Kind wiederzubekommen. Manchmal adoptierte jemand in der Nachbarschaft das Kind. Oder man bildete sich das nur ein, weil alle Sims-Kinder gleich aussahen. Sie hatten auch keine speziellen Eigenschaften. Man musste ihnen zwar früh Dinge beibringen, aber wenn man es nicht tat, passierte auch nichts. Tobi sagte in der Schule zu mir: „Sims ist Mädchenkram, weil man sich eine Familie erstellt mit Kindern." Ich erzählte ihm nicht, dass ich manchmal die Swimmingpool-Leiter entfernte oder einen Sim mit niedrigen Kochkenntnissen kochen ließ, bis die Wohnung abbrannte. Und dass sich das gut anfühlte.

Eine Schulfreundin ließ ihre Sims anders leiden. Sie plante ein verstricktes Liebesleben, in das mehrere Familien involviert waren. Ließ sie Affären im Doppelbett, Whirlpool und im Fotoautomaten haben. Ich sorgte dafür, dass sich einer der Nachbarn in meine Sims-Frau verliebte. Dann heiratete sie ihn und zog aus.

Das Sims-Leben schien kompliziert, war aber im Grunde einfach. Entscheidungen wurden nach dem Prinzip Entweder-oder getroffen. Sims lagen nächtens nicht lange wach und zerbrachen sich den Kopf. Sie trennten sich, begannen dann wieder zu flirten, zogen zusammen. Sims waren so einfach zu steuern. Sie folgten meinen Befehlen. Nur dass sie schnell Energie verloren und sich dann entgegen meinem Befehl ins Bett legten und schliefen, war langweilig. Ich klickte auf doppelte Geschwindigkeit. Oder beließ es in normaler Geschwindigkeit und machte eine Klopause.

Mir kam der Gedanke, dass der Bananenbiegemaschinen-Reinfall auch mit meinem niedrigen Allgemeinwissen zu tun haben könnte. Tobi hatte *Wer wird Millionär? Junior* zum Geburtstag geschenkt bekommen, und Frau Huber hatte vorgeschlagen, es im Sachunterricht zu spielen. Ich schied bald aus. Tobi formte ein L vor seiner Stirn. Frau Huber meinte, mein Allgemeinwissen sei erschreckend niedrig. Sie sagte es ein zweites Mal. *Erschreckend.* Sie drohte, mir in Sachunterricht einen Dreier zu geben. Mit so einer Note konnte man sich nicht fürs Gymnasium anmelden, hatte ich gehört. Dafür musste man lauter Einser haben, maximal einen Zweier in einem Nebenfach.

Ich wollte ins Gymnasium, obwohl ich nicht genau wusste, wieso. Es gab sonst nur die Knödelakademie, wie Mama die Schule für wirtschaftliche Berufe nannte, und die Kindergartenschule. Beides waren Schulen für Mädchen. In die HTL gingen nur die Buben. Dann gab es die Sporthauptschule und die Hauptschule. Die Hauptschule wurde von allen nur Haupt genannt. Oder Haupti.

Als Mama in die Hauptschule ging, gab es dort noch A-, B- und C-Züge. Nur ihr Bruder kam in den A-Zug, in dem man Englisch lernen durfte. Ihre Schwester war im B-Zug und sie im C-Zug. Angeblich, weil sie sich nicht benehmen konnte, immer lachte und mit ihrer Schulfreundin Scherze machte. Für ihre Eltern spielte das keine Rolle. Sie würde sowieso einmal heiraten. „Dafür braucht man nicht gut in der Schule zu sein“, hatten sie gesagt.

Die ganze Klasse musste mit zum Schnuppertag in die Hauptschule. Ich wurde in eine Deutschstunde geschickt, und da ging es nur um Dinge, die ich total langweilig fand. Die ganze Stunde über schaute ich aus dem Fenster in den Hof. „Da gehe ich nicht hin", sagte ich Mama. „Es ist so fad. Fader als fad." Mirjam hatte mir gesagt, dass sie in die Kindergartenschule gehen und unbedingt Kindergartentante werden wollte. Ich verstand das nicht. Sie hatte zwei nervige kleinere Brüder, die wir manchmal zum Spielen mitnehmen mussten. Sie aber wollte mit noch mehr Kindern zu tun haben. Ich sagte Mama, dass ich auf keinen Fall auf die Kindergartenschule gehen wollte. „Aber da hat man dann gleich einen Beruf", sagte sie. „Ja, aber mit Kindern." Es blieb am Ende nicht mehr viel übrig als das Gymnasium. Die Noten waren nicht das Problem, weil ich sonst lauter Einser hatte, sogar in Mathe. Aber ein Dreier in Sachunterricht würde mir das ganze Leben verpfuschen. Nach der Stunde ging ich zu Frau Huber und fragte sie, was ich für mein Allgemeinwissen tun könnte. Sie sagte, Zeitung lesen, informiert bleiben, Dokumentationen schauen.

Ich wollte, dass Mama eine Zeitung abonnierte. „Das ist doch viel zu teuer." Mama ging daraufhin regelmäßig ins Krankenhaus hinüber, um dort eine Zeitung aus dem Wartezimmer zu holen. Ich las den Innen- und den Außenpolitikteil. Nicht immer verstand ich alles. Weil mein Allgemeinwissensstand so niedrig ist, dachte ich. Das Fernsehprogramm ging ich nach Dokumentationen durch. Besonders hilfreich war *arte*. Den Sender schauten wir sonst nie, aber er hatte besonders viel, das nach Wissen klang. Am Nachmittag schaute ich mir oft Sendungen mit einem Franzosen an, der sich Gedanken über philosophische Strömungen machte und mit anderen Leuten darüber diskutierte. Ich verstand nicht, worum es ging, hoffte aber, dass ich dadurch trotzdem klug werden würde. Dass Frau Huber merken würde, wie sehr ich mich verbessert hatte, und mir einen Einser geben würde.

16

Helle Flecken. Dunkle Flecken. Sonne. Schatten. Sonne. Schatten. Wie ein Fleckerlteppich. Rechts und links Moosgeruch. Ich begriff: Wenn man im Sommer schnell radelte, raste auch das Licht an einem vorbei. Von links kam mir der Geruch von Bärlauch entgegen, schon längst nicht mehr zum Sammeln, sondern in Blüte. Ein paar große Steine ragten aus der Ybbs hervor. Vom größten sprangen Jugendliche ins Wasser. Wir fuhren weiter zu einer Stelle mit Kieselstrand, an der man gut ins Wasser gelangte, wo der Schwarzbach in die Ybbs mündete und wir uns durch die Strömung auf der Luftmatratze in den größeren Fluss treiben lassen konnten. Dass das Wasser der Ybbs kalt war, machte uns nichts aus. Meistens dauerte es lange, bis wir alles zusammengepackt hatten und von zu Hause wegkamen, sodass wir in der Mittagshitze den Berg, wo die Tierärztin wohnte, hinaufstrampeln und dann noch einige Zeit auf und ab, am ehemaligen Pferdestall vorbei, radeln mussten, bis wir endlich ankamen. Meistens war dann schon alles belegt, hauptsächlich von Familien und Pensionisten. Manchmal kamen auch Radfahrer vorbei, die sich kurz abkühlten.

Wenn Mama und ich die Fahrräder abstellten und über den kleinen Erdhügel durch die hohen Gräser runter ans Ufer gingen, war ich ganz still und hielt inne, um Mirjams Stimme herauszuhören.

Wenn kein Badewetter war, gingen wir an den Wochenenden in den Garten. Wenn wir Pech hatten, mussten wir ihre beiden kleinen Brüder mitnehmen und auf sie aufpassen. Mit *Garten* meinten wir nicht den, der an ihr Haus angeschlossen war, sondern eine Villa in der Nähe des Hauses. Wir mussten nur eine Brücke passieren. Es gab dort eine Allee mit Zwetschgenbäumen, die wir barfuß durchquerten. Der Boden war an dieser Stelle moosig, das Gras fühlte sich feucht an, da die Baumkronen die Sonne abhielten und es dadurch nie richtig trocken wurde. Wenn es geregnet hatte und die Sonne wieder zum Vorschein kam, roch es besonders intensiv nach Zwetschgen. Es war, als wären sie gebadet worden.

Ich fuhr meistens schon im Bikini an die Ybbs. Dann konnte ich sofort ins Wasser, nachdem ich über ein paar Kieselsteine balanciert war, die mir in den Fuß stachen, und ich so tat, als würde mir das nichts ausmachen. Mit nur drei Schritten war ich drin und schwamm zu Mirjam. Ich kletterte zu ihr und einem ihrer Brüder auf die Luftmatratze. Sie war groß und dick, ein altmodisches Modell mit rauer Oberfläche. Sie sah nicht schön aus, manchmal rieb ich mir daran das Bein auf. Aber sie war perfekt für die rauen Steine. Wir ließen uns an den Kieselstrand treiben, rollten von der Matratze ins Wasser und zerrten sie aus dem Wasser. Zu dritt trugen wir sie hinauf zur Ybbs-Mündung. Wenn man lange genug ging, wurde das Wasser immer flacher, und irgendwann kam rechts am Ufer eine Tafel, auf der *Schwarzbach* stand. Oft fragte ich Mama: „Wie kann das Wasser hier plötzlich anders sein?“ – „Das Wasser ist gar nicht anders, hier mündet bloß ein Bach in einen Fluss." – „Genau hier, wo das Taferl steht?" – „Naja, irgendwo müssen sie's ja hinstellen." Ich verstand Erwachsenengesetze nicht. Warum man die Tafel, die aussah wie eine Ortstafel, aber eine Bachtafel war, genau hier hinstellte. Bäche hatten doch gar keinen Ort. Mirjam und ich sprangen über die Bach-Fluss-Grenze, oder eine von uns sagte *Schwarzbach, Ybbs, Schwarzbach, Ybbs, Schwarzbach, Schwarzbach*. Und diejenige, die trotzdem sprang, hatte verloren und musste beim Runterfahren über die Steine und beim Reinfahren in die Strömung auf der Luftmatratze hinten sitzen. Manchmal machte ich absichtlich einen Fehler, damit ich hinten sitzen durfte. Mir war es lieber, wenn Mirjam vorne saß und die Steine anpaddelte. Mirjam hatte keine Angst. Sie sah zwar aus wie Annika, aber sie war in Wahrheit Pippi. „Da kann gar nichts passieren", meinte sie einmal zu mir. Doch ich hatte Angst, dass ich runterfiel, mir den Kopf am Stein anhaute oder mir das Bein aufschürfte und eine große Wunde und daraufhin eine Narbe bekam. Wenn Mirjam vorne saß, hatte ich weniger Angst. Dann segelten wir über die Steine, wurden von der Strömung einmal komplett gedreht und trieben weiter die Ybbs hinab. Das war wie Fliegen. Einmal ließen wir uns so lange treiben, bis wir an einer Stelle viel weiter unten ankamen, und da wir zurück nicht gegen die Strömung paddeln konnten, mussten wir über die Böschung an Land gehen und die Matratze durch Büsche und Gestrüpp zerren. Neben mir schlängelte sich eine Blindschleiche, und ich schrie auf. „Die tut nichts, hier sind überall Schlangen", sagte Mirjam.

Ich mochte nur die großen Schlangen im Zirkus, die sich mit ihren dicken, weichen Körpern um den Hals schmiegten. Deren Kopf so groß war wie meine Hand und genauso flach. Jedes Jahr, wenn ich mit Mama in den Zirkus ging und sie mutige Kinder nach vorne baten, meldete ich mich. Normalerweise war ich nicht mutig, aber vor Schlangen hatte ich keine Angst. Dann musste ich in die Mitte des Zirkussaales gehen. Ich stand auf dem weichen Streuboden und spürte das warme Licht auf mir, das mich blendete. Die Zirkusdirektorin fragte mich laut schreiend nach meinem Namen, den ich in das Mikrofon flüsterte, das sie mir hinhielt. Das war der unangenehme Teil, durch den ich durchmusste, um die Schlange um den Hals gelegt zu bekommen. Insgeheim hoffte ich, dass sie mir die dickste Schlange gab. Dann spürte ich auf mir die warme Schlangenhaut und den weichen Körper, der seine Form jederzeit anpassen konnte. Kinder, die sich trauten, durften die Schlange selbst halten. Ich traute mich. Die Schlange war dick und schwer, sie lag auf meinem Hals und bewegte sich kaum, nur ihr Kopf suchte zu entkommen. Wir durften sie so lange halten, bis der Fotograf der Lokalzeitung ein Foto von uns gemacht hatte. Dann wurden uns die Schlangen abgenommen und wieder in ihre Terrarien gesetzt. Ich wollte eine Schlange haben, aber Mama war dagegen. „So etwas holen wir uns sicher nicht ins Haus. So ein Geschlängle und Gewürme. Außerdem macht ein großes Terrarium viel zu viel Arbeit." Ich musste mich damit begnügen, die Schlangen einmal im Jahr im Zirkus sehen und angreifen zu können.

Mirjam und ich schlängelten uns durch das Gebüsch. Hinter uns ihr kleiner Bruder, der einen Zipfel der Luftmatratze hielt und bloß schaute, dass ihr Hinterteil nicht durch die Erde gezogen wurde. „Stell dir vor, wir sind in einem Dschungel und müssen uns durchkämpfen“, rief mir Mirjam zu, während sie einen Ast zurückschnalzen ließ, der mich im Gesicht traf. „Du bist wie Mirjam“, sagte ich. „Ich bin ja auch Mirjam.“ – „Nein, wie Mirjam aus der Bibel.“ In Religion hatten wir ein Mandala ausmalen müssen von Mirjam, der Schwester Moses’, die bei der Durchquerung des Meers den Freudentanz anführte. „Doch Mirjam, Mirjam schlug auf die Pauke“, sang ich, und Mirjam stimmte mit ein: „Und Mirjam tanzte vor ihnen her.“ Für das Mandala bekam ich von unserem Religionslehrer eine Eins minus. Ich hatte Mirjam blaue Fingernägel gemalt. Er hatte erst gedacht, dass ich gepatzt oder mich vermalt hatte. „Oder ist das Nagellack?“, sagte er dann. An seiner Stimme hörte ich gleich, dass das nicht gut war. Aber weil ich keine zusätzliche Sünde begehen wollte, sagte ich die Wahrheit. Ich fand Nagellack passte zu Mirjam. Alle Musikerinnen, die ich aus dem Fernsehen kannte, machten etwas aus sich. Sie trugen Make-up und modische Kleidung. Also muss das auch für Mirjam gelten, dachte ich. Mirjam, die Männer und Frauen aus dem Meer geführt hatte. „Für Eitelkeiten gibt es in der Bibel keinen Platz“, hatte der Lehrer gesagt.

Mirjam wackelte mit ihrem Hintern vor mir her. Sie sang das hohe *La-a-a* aus dem Lied. Es erinnerte mich an Arielles *A-a-a*, es hatte nur einen etwas anderen Rhythmus. Die Luftmatratze wackelte mit Mirjam mit. Der Transport ging nicht mehr sehr vorsichtig vor sich, wir streiften an den Ästen und Stacheln an. Mirjams Bruder hatte mittlerweile losgelassen und ging mit etwas Abstand hinter uns her. „Ihr seid so peinlich", sagte er. Wir begannen, noch stärker mit unseren Hüften zu wackeln und laut zu grölen: „Alle, alle fingen zu tanzen an." Oben angekommen ließen wir die Luftmatratze fallen, um auszulachen. Das taten Mirjam und ich öfter. Dann standen wir einander gegenüber und lachten, bis die Lachwelle verebbte.

17

„Der Manfred kommt wieder“, sagte Mama. „Erst mal auf Probe.“ Sie schaute mich nicht an, während sie diese Nachricht verkündete. Ich saß am Küchentisch und machte meine Hausaufgaben. „Was heißt, er kommt wieder?“ Mamas Lippen waren geöffnet, ihre Zunge über den Unterkiefer gerollt. In der rechten Hand hielt sie einen Fetzen und wischte damit über die Arbeitsfläche neben der Spüle. „Wie, er kommt wieder?“, fragte ich noch einmal. Mama wischte weiter. Ich spürte, wie mein Hals enger wurde und meine Wangen rot anliefen. Warum konnte sie nicht, wie alle anderen Mütter, eine Frage sofort beantworten? Dieses dumme Warten. Immer dieselben lähmenden Sekunden, bis sich langsam ihr Mund öffnete und eine Antwort herausrollte. Ich atmete laut hörbar durch die Nase ein und aus. „Naja, er hat mich angerufen“, sagte Mama. „Dann sind wir ins Reden gekommen. Er hat doch noch eine Chance verdient. Außerdem macht er jetzt etwas gegen sein Problem.“ Ich reagierte nicht. „Immerhin ist er, wenn er betrunken ist, harmlos. Er tut niemandem etwas.“ Das hatte ich Mama schon öfter sagen hören. Sie sprach über Manfred wie über ein Wunder der Natur. Mamas Begeisterung erinnerte mich an die *Millionenshow*. Wenn es ein Kandidat von Zeit zu Zeit schaffte und die Million gewann, dann gingen die Funkenwerfer an der Decke an, und goldenes Konfetti fiel herab. Dazu die Jubelschreie des Moderators. Ähnlich übertrieben wie Mamas Freuderufe. Ein Wahnsinn. So ein Mann. „Reg dich nicht auf“,

beschwichtigte sie. „Erst mal kommt er für zwei bis drei Wochen auf Probe, und dann schauen wir weiter.“
Und plötzlich stand Manfred im Wohnzimmer. Er war zurück. Mit ihm sein heller Trainingsanzug und seine Badeschlapfen. Seine großen Zehen ragten frisch pedikürt daraus hervor. Seine Haut war gebräunt und wirkte ledrig. Seit dem Krankenhausvorfall hatte Manfred nicht mehr getrunken. „In der Zeit, in der ich weg war, habe ich mir viele Gedanken gemacht“, sagte er. „Das Holz auf dem Balkon zum Beispiel gehört neu gestrichen.“ Unten im Schuppen habe er viel vor. Und auch drinnen gehöre ausgemalt. Alles solle perfekt werden. Mit einem breiten Lächeln grinste er mich an. Rechten Fuß vor linken Fuß wackelte Manfred auf mich zu. Er schaute konzentriert drein, um das Gleichgewicht nicht zu verlieren. Er umarmte mich. Seine Wangen waren glatt. Er hatte sich frisch rasiert. Ich spürte seinen Atem auf meiner Wange. Er roch nach Tic Tac Fresh Orange. Mama grinste wie damals, als Manfred und ich Hand in Hand aus meinem Zimmer kamen.

„Er ist auf Probe da“, betonte Mama noch einmal. „Ich habe einige Bedingungen.“ Eine davon war, dass Manfred einmal im Jahr auf Kur fahren würde, auf Alkoholentzug. Mama sprach das Wort Alkohol überdeutlich und langgezogen aus. Ich hatte das Wort mittlerweile gelernt. Früher kannte ich nur Bier oder Wein. Schnaps und Likör natürlich, weil das in unserer Gegend viele selbst machten. Seit Manfreds Krankenhausaufenthalt hatte ich gelernt, dass es einen Sammelbegriff für das alles gab. Eine Art Überbegriff, der von Ärzten gebraucht wurde. Alkoholmissbrauch, Alkoholentzug, Alkoholleber. Es gab viele lange Wörter mit Alkohol. Bevor Manfred wieder bei uns einzog, hatte Mama Duftsteine fürs Klo und WC-Enten gekauft. Anja hatte sich bei ihren Besuchen beschwert, wie schlimm es im Klo roch und dass das mit dem Alkohol doch jeder mitbekommen würde. Auch Mirjam hatte mich einmal gefragt, warum es bei uns am Klo immer so stank. Ich hatte die Frage nicht beantwortet und vom Thema abgelenkt. Unser Klo roch wie ein Bahnhofsklo oder schlimmer. Von der Klomuschel breitete sich ein warmer, stechender Geruch aus. Ein ätzender Säuregeruch, der sich nicht wegräuchern ließ. Luft anhalten. Eins, zwei, drei. Pinkeln, kacken, raus. Wenn Besuch kam, taten wir so, als hätte jemand am Klo gerade ein größeres Geschäft verrichtet, deshalb der Geruch. Anja sagte, seine Leber gibt auf. Dann riecht es so. Ich dachte an Manfreds Blut, das langsam in die Rillen der Küchenfliesen gesickert war. Dachte an die Wurst, die aufs Brettchen gefallen, und Manfreds Kopf, der auf die Küchenfliesen geknallt war. Herr Manfred? Herr Manfred? Herr Manfred! Der Sanitäter, der Manfred rüttelte. Die Sauerstoffmaske, die sein Gesicht verbarg. Die mich an die Plastiksackerl erinnerte, die er vom Spar heimtrug.

Manfred spielte die nächsten Tage und Wochen mit. Vor den Nachbarn tat er so, als wäre nichts passiert. Mit dem Herzen hätte er es gehabt, nichts Schlimmeres. Da hätte nicht gleich der Notarzt kommen müssen. Das sei übertrieben gewesen. „Jetzt geht es mir blendend“, betonte er. Im ersten Monat kam er pünktlich zum Abendessen nach oben und schaute mit Mama Rosamunde-Pilcher-Filme. Dann besorgte er sich einen kleinen Antennenfernseher, um Fußballmatches unten im Schuppen zu schauen. Die Abende, die er unten verbrachte, wurden immer zahlreicher. „Ich bin halt ein Mann", sagte er. „Ein Mann schaut gerne Sport." Ein waschechter Mann. Je länger seine Abende wurden, desto länger brauchte er, um einen Satz herauszubringen. Ein Buchstabe rollte über den anderen. Stapelte sich über das Satzgefüge. Worte stülpten sich über andere Worte. Das *l* war zu Manfreds Erzfeind geworden, und Mama bemerkte es. Die anfängliche Verliebtheit war abgenutzt. Es gab kein Tanzen mehr in der Küche. Kein gemeinsames Sich-auf-dem-Balkon-tief-in-die-Augen-Schauen. Mama war auf der Hut. Und schaffte Manfred an, einen großen Koffer zu kaufen. „Damit du auf Kur fahren kannst." Mindestens sechs Wochen würde er wegbleiben. Manfred wollte nicht. Er kramte Ausreden hervor. „Und was ist dann mit dem Kind?", fragte er. „Ich kann ja gar nicht so lange wegbleiben."

Manchmal, wenn ich abends aufs Klo ging und meine Schritte behutsam auf dem Laminat platzierte, hörte ich die beiden über ihre Sorgen reden. „Warum macht ihr das?", fragte ich. „Geteiltes Leid ist halbes Leid", antwortete Mama. „Dann fühlt es sich nicht mehr so schwer an." Ich behielt alles für mich. Vielleicht war ich deshalb so schwer, dachte ich. Wenn ich mich in Freundschaftsbücher eintragen durfte, fälschte ich mein Gewicht. Nur einmal hatte ich mich zuvor auf die Waage gestellt und das Gewicht, das diese anzeigte, angegeben. Als ich das Freundschaftsbuch am nächsten Tag zurückgab, las ein

Mädchen laut die Kilos von allen vor, die sich schon eingetragen hatten. Ich war die Schwerste. Seitdem schaute ich zuerst, was die anderen bei Gewicht und Körpergröße eingetragen hatten. Waren sie kleiner als ich, gab ich mir ein paar Kilo mehr, aber ich achtete darauf, dass ich ungefähr so viel wog wie die anderen. Vielleicht waren es auch die ständigen Gedanken, die mich schwer machten. Die sich in mir ausbreiteten. Die in der Früh kurz weg waren und sich automatisch wieder einschalteten. Anja hatte mir Sorgenpüppchen geschenkt – stecknadelgroße Figuren, die mit Wolle umwickelt waren und in einem kleinen Beutel aufbewahrt wurden. Am Abend im Bett sollte ich jeder Puppe eine Sorge erzählen und sie danach unter den Kopfpolster legen. „Am Morgen sind deine Sorgen wie weggeblasen", sagte Anja. Sie hatte recht. Wenn ich aufwachte, war ich leicht wie eine Feder. Doch spätestens beim Frühstück fiel mir alles wieder ein, und ich wurde auf Anhieb schwer. Mama verwendete keine Sorgenpüppchen. „Meine Sorgen sind viel zu groß für diese kleinen Püppchen", behauptete sie.

Zu Manfred sagte sie: „Das ist ein Ultimatum." Das Wort *Ultimatum* sprach sie so laut und deutlich aus wie *Alkohol*. Sie betonte das erste *u* und hob dabei ihren linken Zeigefinger, den sie immer hob, wenn ihr etwas wirklich ernst war. Es war beschlossene Sache: Manfred musste um Kur ansuchen. Er kaufte sich einen 100-Liter-Koffer für seine Trainingsanzüge, Westen und Übergangsjacken, damit er während der sechs Wochen nichts waschen musste, denn das konnte er nicht.

Wenn jemand nach Manfred fragte, antwortete Mama: „Er ist wegen seiner Schulter auf Kur.“ Nicht einmal die Tante durfte die Wahrheit wissen. „Noch immer diese Schulter“, sagte die Tante. „Das ist doch schon Jahre her.“ Mama dachte nach. „Nächstes Jahr müssen wir uns etwas anderes überlegen“, sagte sie zu mir. „Vielleicht irgendetwas mit dem Knie. Jeder hat doch was mit dem Knie.“ Als Manfred wegfuhr, war alles wie früher. Manfreds Platz in der Küche, an dem er seinen Tee trank und die *Kronen Zeitung* las, blieb leer. Auf der Couch, die er für sein Mittagsschläfchen beschlagnahmt hatte, war endlich wieder Platz für meine Puppen. „Warum zieht der Manfred eigentlich nicht zu seiner Mutter?“, fragte ich Mama. „Muss er wieder zu uns zurückkommen?“ Mama gab keine Antwort. Wie immer, wenn ihr eine Frage nicht gefiel, senkte sie ihren Blick, formte den Mund zu einer geraden Linie, bis ihre Wangen eine seltsame Form bekamen, und begann, sich in etwas zu vertiefen, in das sie zuvor nicht vertieft gewesen war. Wenn sie zum Kasten oder in ein anderes Zimmer ging, um vermeintlich etwas zu suchen, konnte es sogar vorkommen, dass sie stolperte. Als ob Informationen bei Mama nie durch den ganzen Körper gingen, sondern nur durch Teilbereiche. Oder durch Dämme und Staus aufgehalten wurden. Beim Fuß war die Information, meine Frage zu ignorieren, nicht angekommen, und so spielte er auch nicht mit. Bei Mama sprach immer der ganze Körper mit. Das hatte sie sich nie abgewöhnen können. Ihre Augen verrieten alles. Es war, als würden sie plötzlich den Glanz verlieren, und ich konnte, zumindest für eine Sekunde, ihre wahre Stimmung darin ablesen. Dann verwandelten sie sich zurück, und Mama tat so, als wäre nichts gewesen. „Warum sollte er nicht?“, erwiderte sie auf meine Frage. Ich stampfte mit dem Fuß auf. Der Teppichboden gab mein Stampfen nicht so laut wieder, wie ich gehofft hatte. Mein Stampfen war schallgedämpft. Mama reagierte nicht darauf. Für sie war das Thema ausdiskutiert. So wie sie damals, ohne mich zu fragen, beschlossen hatte, dass er ausziehen musste, so entschied sie jetzt, dass er blieb. Obwohl Anja und Marcel sie warnten. „So jemand ändert sich nicht“, hatte Anja am Telefon gesagt. Ich konnte ihre Gespräche mit anhören, wenn ich mich neben das Telefon auf den Teppichboden setzte. Das passierte oft, wenn Mama mich rief, um den Hörer zu übernehmen, und danach doch noch eine Zeit lang weitertelefonierte.

Während der sechs Wochen stellte ich mir vor, Manfred hätte Mama nie im AMS-Kurs kennengelernt und sich nie mit einer Tafel Erdbeerschokolade Zugang zu unserer Wohnung verschafft. Ich spulte Manfreds Leben in Gedanken zurück wie eine Videokassette. Bis zum Tag mit dem Schulter-Unfall. Als ein Auto ihn zusammenfuhr. Oder ein Kasten beim Umzug auf ihn stürzte. Spulte die Videokassette mehrmals vor und zurück, um ja nicht das entscheidende Ereignis zu versäumen. Stellte mir vor, dieser Unfall wäre nie passiert und er wäre in seinem Job geblieben. Stellte mir vor, seine Exfrau hätte nicht die Sachen gepackt und wäre davongefahren. Wie unser Leben dann aussehen würde. Ich stellte mir vor, da säße niemand auf unserer Couch. Es wäre da niemand, der in den hintersten Ecken der Kästen Bier verstecken würde.

Niemand, dessen Blut die Fliesenrillen füllen würde. Aber Mama blieb dabei, er würde wiederkommen.

Nach den sechs Wochen tauchte Manfred mit Dingen auf, die er während der Kur gebastelt hatte. Flechtkörbe, kleine Flechtvasen mit künstlichen Blumen, Pastellzeichnungen – er hatte mir ein Pferd gezeichnet, das er mir kaufen wollte, wenn er im Lotto gewinnen würde – und Getöpfertes. Um all diese Dinge nach Hause transportieren zu können, hatte er einen zweiten Koffer kaufen müssen. Ungelenk hatte er die beiden Koffer neben sich her gerollt. Er erzählte, was er auf der Kur gemacht hatte, welche Kurse er absolvieren musste und welche Leute er dort kennengelernt hatte. Dass es anfangs zwar schwierig gewesen sei, aber bei dem ganzen Programm hätte man ohnehin keine Zeit für Bier gehabt. Mama war glücklich. Ich konnte ihr den Sieg ansehen. Sie hatte einen Kampf gewonnen, der nicht geführt werden konnte. Der jeglicher Kontrolle sofort entglitt. Der auf Versteckspielen beruhte, getarnt in Plastiksackerln. Getarnt im Kasten hinter dem Werkzeug. Mama wollte sich ihren Erfolg nicht nehmen lassen. Also schaute sie nicht zu genau hin, als Manfred vor dem leeren Tag stand und langsam damit begann, ihn wieder zu füllen.

18

In zwei Wochen war Vatertag, und ich schnitt die roten Köpfe von den Streichhölzern ab. Ich schnitt sie möglichst gerade ab. Und knapp, damit viel vom Streichholz blieb. Vom Streichhölzer-Schneiden waren meine Hände schweflig geworden. Meine Fingerspitzen rochen so, wie wenn Mirjam und ich nach der Rorate-Messe die Kerzen mit den Fingerspitzen löschten, kurz *au!* riefen, lachten und anschließend ins Pfarrhaus auf einen Kakao gingen.
Mehrmals stand ich auf, ging zum Waschbecken vorne neben der Tafel und wusch mir Schwefelgeruch und Kleber von den Händen ab. Dabei betrachtete ich das Pflänzchen, das sich durch eines der Löcher im Abfluss nach oben schlängelte. Manche hatten gefragt, ob man dagegen nicht etwas unternehmen müsste. Andere hatten mit den Schultern gezuckt. „Das sind die alten Leitungen“, hatten sie gesagt. Die Pflanze blieb. Das Wasser in der Schule schmeckte nach Moos.

Ich schnitt fünf Streichhölzer hintereinander und klebte sie auf das Buntpapier. Die Mitte sollten wir freilassen, denn dort sollte das Foto hinkommen. Aus den Streichhölzern sollte ein breiter, dekorativer Fotorahmen werden. Wir verwendeten durchsichtigen Bastelkleber, damit es keine gelben Kleberreste gab. Ich platzierte fünf Streichhölzer eng nebeneinander, um keine Lücke zu lassen. Danach holte ich die nächsten fünf aus der Schachtel hervor. In einer Schachtel befanden sich 38 Streichhölzer. Manchmal wich die Füllmenge ab, und es waren 36 oder 40. *Sirius Sicherheitszünder* stand darauf. Ich frage mich, worin die Sicherheit bei Zündern bestand. *Mit Sicherheit wird Ihr Haus in Flammen stehen. Wir können Ihnen versichern, dass wir unser Bestes geben beim Zündeln.* Für eine Reihe brauchte ich ungefähr 40 Streichhölzer. Es gab drei Reihen. Machte 120 Streichhölzer für die kurze Seite des Fotorahmens. Für die lange Seite brauchte ich 60 pro Reihe. Machte 360 insgesamt.

Ich hatte bereits zwei Packungen aufgebraucht. „Streichhölzer sind günstig", sagte Frau Huber, „die könnt ihr euch von eurem Taschengeld kaufen." Das Foto sollten wir erst am Schluss in die mit Bleistift vorgezeichnete Rechteckform kleben. Damit kein Bastelkleber darauf kam und das Vatertagsgeschenk womöglich ruinierte. An meinem Mittelfinger hatte sich eine Blase vom Halten der Schere gebildet. Die Streichhölzer waren zwar klein, aber das Abschneiden der Köpfe brauchte Druck. Ein Mädchen aus der Klasse – alle Lehrerinnen hassten sie, weil sie ihre Hausübungen nie machte und sich die Haare nicht wusch – hatte gefragt, warum wir nicht einfach zum Libro gingen, um einen Bilderrahmen zu kaufen. Das würde uns gleich viel kosten wie all die Streichholzschachteln und sei weniger Arbeit. Frau Huber schnaufte. Sie lieferte sich mit den anderen Lehrerinnen einen Wettbewerb darum, wer das Mädchen am meisten hasste. Einmal hatte Frau Huber ihr Spängchen mitgebracht, damit sie ihre Haare aus der Stirn frisieren konnte. Das Mädchen hatte sie weggeschleudert und sich dann wieder mit fettigen Haarsträhnen über ihr Deutschbuch gebeugt. Eine andere Lehrerin hatte sie gezwungen, ihre Schultasche auszuleeren, damit wir alle sehen konnten, welcher Mist sich darin befand. „Kaufen kann jeder", sagte Frau Huber und blähte dabei ihre Nasenflügel auf wie die Pferde auf den Postern im Penny-Heft. „Aber etwas Selbstgebasteltes kommt von Herzen, und es muss von Herzen kommen, was auf Herzen wirken soll", sagte Frau Huber. „Das hat schon Johann Wolfgang von Goethe gesagt."

Ich schnitt weiter Streichhölzer zurecht. Für die Präzision hielt ich ein Streichholz an den Fingerspitzen und ließ es mit der einen Seite auf den vorher aufgetragenen Bastelkleber plumpsen. Dann stupste ich das Streichholz von der einen Seite an, sodass es ganz nah am vorherigen zu liegen kam. „Was sollen wir mit all den Köpfchen machen?", fragte ich. „Ab in den Müll", sagte Frau Huber. Ich ging mit einer Handvoll Zündholzköpfchen zum Mistkübel. „Restmüll?", fragte ich, und Frau Huber nickte. Ich dachte an das Mädchen mit den Schwefelhölzern. *Ritsch! Wie sprühte es und brannte es.* Es machte mich traurig, dass ich so viele Schachteln Streichhölzer verwendet hatte, ohne eine einzige Flamme, ein einziges Licht zu machen. Und dass man glaubte, das Mädchen hätte sich wärmen wollen, dabei wollte sie sich vielleicht einfach nur das Licht anschauen. Ich warf die Streichholzkopfherzen in den Mistkübel zu den Bananenschalen und falsch entsorgten Eisteeflaschen. Im Nachhinein ärgerte es mich, dass ich nicht die großen Anzünder, die für die Friedhofskerzen, mitgenommen hatte. Mit ihnen hätte ich mir mindestens eine Reihe und ganz viel Schneidearbeit gespart. Aber jetzt war die erste Reihe beinahe fertig geklebt, und damit klebte auch mein Schicksal auf durchsichtigem Bastelkleber fest. „Na, hast du mittlerweile auch die Lust am Basteln entdeckt?“, fragte mich Frau Huber nach der Stunde. „Ja“, antwortete ich. „Das wurde ja auch Zeit“, sagte sie und ging.

Zur nächsten Stunde sollten wir ein Foto mitbringen. Auf das Foto sollten wir eine aus Buntpapier ausgeschnittene Sprechblase kleben, und darauf sollten wir „Alles Gute, Papa!“ schreiben. Ich brachte ein Foto mit, das Mama von mir beim Wandern gemacht hatte. Ich trug einen Rucksack und hielt einen großen Ast in der rechten Hand als Wanderstock. Die anderen hatten Fotos mit, die sie mit ihren Vätern auf Ausflügen, im Urlaub oder zu Hause zeigten. Manche Väter waren sportlich, andere dick – *richtig blad*, würde Mama sagen –, wieder andere fuhren Mountainbike, mähten den Rasen, manche trugen Anzug, andere Arbeitskleidung, manche hatten einen Vollbart, andere einen Ziegenbart, manche Väter waren jung, andere hatten schon graue Haare und waren trotzdem jung, andere waren alt, manche Väter hatten eine Glatze. Manche Kinder sahen aus wie ihre Väter. Hatten die gleichen Augen, das gleiche Kinn, die gleiche Nase. „Kommst du mehr nach Mama oder Papa?“, wurde ich gefragt. „Nach meinem Vater, glaube ich.“

Mama hatte zu mir gesagt: „Du siehst genauso aus wie er.“ Im Spiegel sah ich graublau. Mamas Augen waren rehbraun. „Mein Mund ist deiner, Mama“, sagte ich. –

„Nein, du siehst genauso aus wie dein Vater. Das war das Erste, was ich nach deiner Geburt gedacht habe." Nach dem Schnitt ins Fleisch ein Schnitt ins Fleisch. *Patsch.* Fleisch auf Fleisch. Blut auf Haut. Haut auf Oberkörper. Mein Vater hat kein Gesicht, dachte ich, und doch ist es meines.

„Warum bist du alleine drauf?", fragte eine aus der Klasse und lachte. „Themenverfehlung, schaut mal." Sie und zwei weitere Kinder aus der Klasse umzingelten meinen Tisch. „Die Mama hat das falsche Foto entwickeln lassen", sagte ich. Ich tat so, als würde ich mich auf mein Geschenk konzentrieren. Ich schnitt eine Blase mit Zacken aus dem Buntpapier aus. Ich konzentrierte mich auf jeden Schnitt, wollte das Papier dabei nicht angreifen, weil ich schwitzte. Ich wählte von meinen Glitzerstiften sechs Farben aus, die zueinander passten. Das A schrieb ich in Lila. Die zwei L Hellblau. Dann kam das E in Dunkelgrün. Für das S und damit das Wortende verwendete ich einen hellgelben Glitzerstift. Er war fast nicht zu erkennen auf dem bunten Papier. Das nächste Wort, *Gute*, ging weiter mit Orange und Dunkelrot und sah aus wie eine Flamme, entzündet vom vorhergehenden Wort. Dann wiederholte ich die Farben. Die verwendeten Farben legte ich rechts ab. Der Beistrich wurde grün. Und das bedeutete für *Papa* – ein Wort, das ich niemals aussprach, weil Mama immer Vater, *dein Vater,* sagte –, dass es eine kleine Flamme bestehend aus Gelb, Orange, Rot und dunklem Violett wurde. Ich bestrich die Buntpapierblase vorsichtig bis zu den Zacken mit Bastelkleber und legte sie sanft auf dem Foto ab, sodass der Kleber nicht durchquellen und das Foto ruinieren konnte.

„Was, wenn jemand keinen Vater haben sollte?“, hatte ich Frau Huber nach der ersten Stunde Werken gefragt. Ich hatte gewartet, bis die anderen das Klassenzimmer verlassen hatten. „Unsinn, das ist biologisch unmöglich. Jedes Kind hat einen Vater“, hatte Frau Huber geantwortet.

Zu Hause sagte Mama, dass ich das Vatertagsgeschenk Manfred geben könnte. Er würde sich bestimmt freuen, nachdem er sich in der Kur so angestrengt hat. „Sicher nicht!“, sagte ich. „Dann schick es halt deinem Vater“, schlug Mama vor. Sie suchte nach einem gebrauchten Kuvert, das groß genug für das Geschenk und gepolstert war. „Schau“, sagte sie, „du kannst die alte Adresse überkleben und seine draufschreiben“.

Ich schnitt die letzten Streichholzköpfe ab. Trug Bastelkleber auf und legte die Hölzer präzise nebeneinander. „Seid ihr zufrieden?“, fragte Frau Huber. Die Kinder nickten. „Dann wünsche ich euch einen schönen Vatertag!“

Ich trug mein Vatertagsgeschenk nach Hause, schob es ins beschriftete Kuvert, befeuchtete eine Briefmarke mit meiner Zunge, klebte die Briefmarke in die rechte obere Ecke. Klebte sie so auf, dass von oben und von rechts fünf Millimeter Abstand zum Kuvertrand blieben, und gab es Mama zum Verschicken.

19

„Hat sich der Papa gefreut?“, fragte Frau Huber in der nächsten Werkstunde. Die meisten nickten. Ich nickte mit. „Wo hat der Papa das Bild aufgehängt?“, fragte sie. Meine Klassenkameraden erzählten vom Büro, vom Wohnzimmer, vom Schlafzimmer, von gemeinsamen Räumen, in denen sie mit ihren Vätern lebten, denen sie ähnlich sahen. Ich tat so, als würde ich in meiner Schultasche nach etwas suchen. „Vielleicht hat er seine Post lange nicht abgeholt“, hatte Mama gesagt. Am Ton ihrer Stimme erkannte ich, dass das nicht wahr war. Mama konnte schlecht lügen. Opa, den ich nicht mehr kannte, hatte zu ihr gesagt, das läge an ihren rehbraunen Augen. Ein Reh konnte nicht lügen, so unschuldig war es. Ich war mir sicher, dass es an ihrer Stimme lag. Wenn Mama log, hielt sie die Luft beim Sprechen an. Heraus kamen merkwürdig gedrückte Töne. Der Mund wurde dabei ganz klein, die Lippen schmal. Ein seltsames Oval. Ich stellte mir vor, wie ein Filmschauspieler zum Briefkasten ging, das Vatertagsgeschenk herausholte und es in den nächsten Mistkübel warf. Ich stellte mir vor, wie derselbe Schauspieler das Kuvert mit nach Hause nahm, es öffnete und das Geschenk ratlos eine Woche auf dem Tisch liegen ließ, bis er es wegwarf. Ich versuchte, den Filmschauspieler in meinem Gehirn zu löschen. Mein Vater sah bestimmt nicht so aus. Sobald ich die Schablone des Schauspielers löschte, wurde er von einer anderen ersetzt. Mein Vater hatte kein Gesicht.

In der großen Pause hörte ich zum ersten Mal vom Gerücht, dass Tobi mit der Politikertochter aus der Parallelklasse ging. Er selbst stritt es ab und bekam dabei noch rötlichere Wangen als sonst. Zwei Mädchen aus meiner Klasse, die mit der Politikertochter befreundet waren und selbst wichtige Eltern hatten, liefen in der nächsten Pause einen Stock hinunter, um herauszufinden, ob das stimmte. Die Politikertochter sagte, sie hätte ihn per SMS gefragt, und er hätte Ja gesagt. Tobis braune Augen und seine hochgegelten Haarspitzen verschwammen vor mir. Ich wollte ihn fragen, warum er nicht mit mir zusammen sein wollte, nachdem wir so oft gemeinsam nach Hause gingen. Ich stellte mir vor, wie er das Mädchen aus der Parallelklasse zu sich nach Hause in seinen Pool einlud. Und wie sie das vielleicht gar nicht besonders fand, weil sie selbst einen Pool hatte. „Die sind halt nicht unsereins“, sagte Mama. „Da hättest du dir von Anfang an keine großen Hoffnungen machen sollen. Geld geht immer dahin, wo schon Geld ist. Wir sind die Billigsdorfers.“

Ein Bub aus der Klasse verlangte einen Beweis. „Einfach so kann man das nicht glauben. Da könnte ja jeder behaupten, eine Freundin zu haben!“ Tobi wurde hinuntergeschickt. Er redete kurz mit der Politikertochter. Dann gingen sie Hand in Hand zum Kaffeeautomaten, und er spendierte ihr einen Choco-Crema-Kakao. Die gesamte Klasse war hinausgelaufen und hatte sich im Stiegenhaus verteilt. Ich spähte durch die Eisenstangen des Stiegengeländers und hoffte, dass Tobi mich nicht entdecken und glauben würde, dass mich das interessierte.

Ich hatte mich nicht getraut, Tobi den *Willst du mit mir gehen?*-Zettel, den ich vorbereitet hatte, zu geben. Ich hatte gehofft, dass er mir irgendwann einen Zettel in die Schultasche schummeln würde. Ich hatte mir ausgemalt, wie Tobi mich, seine Freundin, zu sich nach Hause einladen würde. Wie wir uns ein Twinni teilen würden und er absichtlich die weniger gute grüne Hälfte nehmen würde, während unsere Füße im Pool baumelten. Das würde nun alles nicht passieren. Und im Gymnasium, falls ich dorthin durfte, würde er mit dem anderen Mädchen in der großen Pause im Schulhof neben den Kastanienbäumen sitzen. Dürften Mädchen jemanden hauen, hätte ich das gemacht. Dürften Mädchen spucken, hätte ich vor ihn auf den Boden gespuckt. Aber Mama würde sagen: „Das ist kein damenhaftes Benehmen." Davor könne einem nur grausen, wenn ein Mädchen so etwas machte. „So findest du nie einen Mann", würde sie sagen. Also ließ ich das Geländer los, hielt den Atem an und ging Richtung Klo. Ich versuchte zu lächeln. Zu fröhlich ohne Grund. Ich versuchte gleichgültig dreinzuschauen, sodass mir niemand etwas anmerken würde. Ich schlug die Tür zu. Erst die äußere und dann die zur Kabine. Hätte auch der Wind sein können. Ich stampfte auf dem Boden auf. In mir drin war ein Schrei. Ich wusste, wenn ich den Mund aufmachen würde, käme er heraus, einfach so, ohne Halt. Ich presste die Lippen aufeinander, setzte mich auf den Klodeckel und wartete, bis die Schulglocke läutete. In den folgenden Schulstunden wurde ich zweimal ermahnt, wegen Tagträumens. Ich schnappte Wortnebel auf, suchte die richtigen Stifte heraus, schaute aus dem Fenster und sah der Sonne zu, wie sie immer weiterwanderte und sich die Schattenflecken minimierten. Einmal kam ich dran, ich wusste die Antwort nicht, aber es machte mir nichts aus. Kurz bevor ich zu Hause war, merkte ich, dass ich noch meine Schulschlapfen anhatte. Ich würde morgen mit ihnen in die Schule gehen und mich unbemerkt am Hausmeister vorbeidrücken müssen.

Die Woche darauf machten wir mit der Schule einen Ausflug auf den Eschenberg. Eine Frau zeigte uns besondere Stellen im Wald und gab uns den Auftrag, ein Vogelnest zu bauen. „Fad“, sagten die meisten. Ich hatte meinen Fotoapparat mitgenommen. „Vielleicht kannst du ein paar schöne Aufnahmen von Tieren für dein Album machen“, hatte Mama gesagt. Ich fotografierte Blätter, dann die Hirsche aus dem Tierpark. Mirjam wollte, dass ich von ihr ein Foto mit Huflattich machte, den sie sich wie einen Hut aufsetzte. Ich setzte mir auch einen Huflattich auf und bat jemand anderen, ein Foto von uns beiden zu machen. Ich fotografierte noch ein paar Ziegen, und als die Naturtour vorbei war und wir uns ins Tal aufmachten, passierte das, worüber in der Schule alle nur geflüstert hatten. Der Liebesbeweis. Tobi und die Politikertochter gingen eine Weile nebeneinander her. Er streckte die Hand nach ihr aus, und sie hielten Händchen. Von flüsternd bis laut hieß es *Schau, schau*. Andere sagten *psst*, und manche stießen einander in die Seite. Ich machte Fotos. Erst von weiter weg. Dann von ganz nahe mit Zoom auf die Hände. Ich fühlte mich wie eine Detektivin, die Beweismaterial sammelte, wie in Mamas Krimis, die ich heimlich mitschaute unter dem Vorwand, aufs Klo gehen zu müssen.

Ich ließ Mama die Fotos entwickeln und nahm sie mit in die Schule. Die Tierfotos interessierten niemanden. Alle gruppierten sich um einen Tisch, auf dem die Fotos von Tobi und seiner Freundin lagen. Zwei Mädchen wollten einen extra Abzug haben. Im Laufe des Tages meldeten sich immer mehr. „Dafür musst du Geld verlangen", sagte Mama. „Ein Abzug ist auch nicht umsonst. Da muss ich extra in die Stadt und dann fürs Entwickeln bezahlen." Manfred fügte hinzu: „Da musst du kaufmännisch denken." In den darauffolgenden Tagen, während die Fotos beim Entwickeln waren, meldeten sich weitere aus der Klasse, die Abzüge wollten. „Das geht jetzt nicht mehr, ich habe schon alle versprochen", sagte ich. Ein Mädchen, das die Politikertochter am wenigsten mochte, bot mir pro Abzug einen Euro statt 50 Cent. Eine andere wollte zwei Euro zahlen, um garantiert einen zu bekommen. Währenddessen saß Tobi mit rotem Gesicht in der ersten Reihe. Ich fragte mich, ob er es schon bereute. Ich wusste, ich würde das beichten müssen, aber es war mir egal. Ich verdiente mit den Fotos von Tobi fast zehn Euro, legte mein angespartes Taschengeld dazu und kaufte mir beim Libro den Sims-Erweiterungspack.

Bald darauf kam Tobis Mutter in die Schule. Sie wollte mit der Lehrerin sprechen. Ihr Wollrock reichte beinahe bis zu den Knöcheln. Oben trug sie eine cremefarbene Bluse. Ihre Haare waren als Dutt am Hinterkopf festgesteckt. Sie trug flache, klobige Schuhe. Tobis Mutter machte mir Angst. Sie erinnerte mich an Fräulein Rottenmeier von Heidi oder sah zumindest genauso aus, wie ich sie mir vorstellte, wenn ich mir die Kassetten in un-

serem alten Radio anhörte. Tobis Mutter war anders als andere Mütter. Aus diesem Grund hatte ich mir gedacht, dass wir zusammenpassen würden. Wir beide mit komischen Müttern, die anders aussahen und sich anders benahmen als die meisten.
Es gab eine Mutter, die immer, wenn sie in die Schule kam, roten Lippenstift aufgetragen und sich die Haare eingedreht hatte, einen Bleistiftrock, Stöckelschuhe und eine bunte Bluse trug. Sie erinnerte mich an Schauspielerinnen aus alten Filmen, die Mama gerne schaute. Ich hatte erst später erfahren, dass sie Anwältin war. Sie war auch Unternehmersgattin, hieß es. Bei Veranstaltungen wurde sie oft mit *und Gattin* begrüßt. Dann gab es eine andere Mutter, deren Wangen immer ganz rot waren. Als würde sie rote Äpfel mit sich spazieren tragen. Am liebsten hätte ich ihr die Äpfel von den Backen gepflückt und hineingebissen.
Nachdem Tobis Mutter in der Schule gewesen war, kam Frau Huber zu mir und fragte mich, was ich mir dabei gedacht hätte, solche Fotos zu verkaufen. So streng war sie sonst nie mit mir. „Dafür kannst du vor Gericht kommen, da du die Fotos ohne Erlaubnis gemacht hast." Mir wurde schlecht.

Ich stellte mir vor, wie sie mich in Handschellen abführten und ich in den Frauenknast kam. Das war eine Serie, die Mama einmal pro Woche schaute. Noch eine Sendung, die ich nicht schauen durfte, aber heimlich durch die einen Spalt offen stehende Tür mitverfolgte. Anja und Mama schauten die Sendung regelmäßig und tauschten sich dann telefonisch darüber aus. Mama fand die

Gefängniswärter grauslich. „Denen sollte man ihr Ding abschneiden", sagte sie, wenn sie sich darüber ärgerte, was gerade in der Serie passierte. „Mama, würdest du mich eigentlich besuchen, wenn ich ins Gefängnis kommen würde?", fragte ich sie. Mama nickte. „Ja, sicher." – „Auch wenn ich etwas Schlimmes getan hätte?" – „Das kommt darauf an", sagte sie. „Aber seinem Kind muss man immer vergeben. Das steht so in der Bibel."
Dieses Jahr hatten wir uns ein Kindermusical über den Barmherzigen Vater angeschaut. Ich hatte sogar eine CD davon. Es war von einer religiösen Familie mit vielen Kindern aufgeführt worden. Der Vater trug beim Auftritt eine Kutte mit einem großen Regenbogen. Alle Kinder hatten eine Rolle. Die älteren eine wichtigere und größere, die kleinen durften Lämmchen spielen. Ich stellte mir vor, dass die Familie zu Hause immer sang, sich zusammen neue Musicals ausdachte, tanzte und Auftritte probte. Alle Musicals wären von Bibelstellen inspiriert. Die Mutter selbst stand nicht auf der Bühne, sie schrieb die Stücke und kam nur zum Applaus nach vorne. Sie erinnerte mich an Tobis Mutter. Immer ungeschminkt. Im Gegensatz zu ihr trug sie ihr Haar aber offen, unfrisiert sah es aus. Jeans und T-Shirt, praktisch. „Bei denen zählen die inneren Werte", sagte Mama. „Eigentlich schön." Am Ende des Musicals vergab der Vater wie in der Bibel seinem Sohn, und der fand auf den rechten Weg zurück.

„Du hast Glück", sagte Frau Huber, „dass es bei der Ermahnung bleibt." Tobi drehte sich um und grinste. Ich konnte ihm ansehen, dass er sich wie ein Gewinner fühlte.

Ich beschloss, dass ich mich offiziell entliebt hatte. Wenn man sich verlieben konnte, musste man sich schließlich auch entlieben können. „Naja, wenn das so einfach wäre“, sagte Mama. „So etwas kann man sich nicht vornehmen, deshalb verliebt man sich oft in die ungünstigsten Leute.“ – „So wie in den Manfred“, sagte ich. Mama presste die Lippen zusammen. Ich erwartete mir, dass Mama antwortete, aber sie blieb still. Ich stichelte. Wollte eine Antwort aus ihr herauspressen. Ihr ewiges Schweigen machte mich wütend. Ich schrie. „Warum kannst du dich nicht einfach entlieben? Scheiße, Scheiße, scheiße!“ Mama schaute mich nicht an. Sie sprach mit dem dreckigen Geschirr, das abgewaschen werden wollte. „Ein richtiger Zornbinkel bist du geworden.“ Ich schrie weiter. „Wenn du so weitermachst, wirst du nie einen Mann finden!“ Ich knallte meine Zimmertür hinter mir zu und schmiedete Pläne, wie ich hier wegkommen würde. Ich hasste alles. Dass wir hier nicht reinpassten. Dass andere zu sehr reinpassten. Dass Mama und ich nicht mehr zueinanderpassten. Dass da ein Dritter war, der alles schlecht machte. Der viel zu oft lallte und mich vor meinen Freundinnen blamierte. Der immer nur Trainingsanzug trug und jeden Tag zum Spar ging. Über den Mama sagte, er könne mit Geld einfach nicht umgehen. Es würde ihm zwischen den Fingern zerrinnen. Und dem sie deshalb nie Geld borgte, worüber er sich maßlos aufregte. Mama, die stur blieb. Manfred, der, sobald er wieder an Geld kam, jeden Tag Feinkost und frische Weckerl kaufte, die wir uns, wie Mama sagte, nicht leisten konnten.

Laugenstangerl waren mir am liebsten. Die kaufte Manfred immer, nachdem wir uns gestritten hatten, um zu hören, wie lieb ich ihn hatte. Ich sagte es wegen der Laugenstangerl, aber ich hasste es.

Es klopfte an meiner Tür. Ich hörte am Klopfen, dass es nicht Mama war. Mama klopfte meistens nicht. Oder nur einmal und riss gleichzeitig mit der anderen Hand die Tür auf. Manfred hingegen klopfte langsam. Dreimal. Zuvor hörte man ihn schon über den Holzboden schlurfen. Er setzte langsam Fuß vor Fuß und schaukelte seine große Masse hin und her. Unter ihm knarzte der Boden. Ich stellte mir vor, dass sich Risse unter ihm bildeten und er in ein schwarzes Loch gesaugt werden würde. Zack und weg. Aber nein, er klopfte. Dann knarrte die Tür. „Ich habe nicht Herein gesagt“, schrie ich. Manfred öffnete die Tür ganz, machte einen Schritt nach vorn und stellte sich in den Türrahmen. Manfred kaute. An was, wusste ich nicht, an seinem eigenen Wort vielleicht. Ich wusste, dass Bier den Menschen die Wörter klaute und es lange brauchte, bis sie sie wiederfanden. Langsam quellte es aus ihm heraus. „So redest du nicht mit deiner Mutter, hörst du.“ Mit einer Hand hielt er sich am Türpfosten fest. „Was geht dich das an? Du hast mir nichts zu sagen“, brüllte ich. Manfred hielt sich mit der zweiten Hand an der Tür fest. Er bekam rote Flecken. „Ich weiß eh, dass ihr beide hofft, dass ER irgendwann wiederkommt, dass ER bei der Türe hereinschneit, dass ER euch zu sich auf die Alm holt.“ In Manfreds Mund sammelte sich Spucke. „Brauchst nicht glauben, dass das passiert!“ Seine rote Gesichtsfarbe ging in Violett über. „Brauchst nicht glauben, dass sich der einen Scheißdreck für dich interessiert! Aber wer ist immer da? Ich. Ich bin immer für dich da.“ Mama schlich sich von hinten an und stützte die Arme in die Hüften. „Geh Manfred, lass sie doch einfach.“ Langsam drehte er sich zu ihr um. „Was mischt du dich jetzt ein? ... Das wird euch irgendwann noch leidtun.“ Manfred zog die Wohnzimmertür fest hinter sich zu. *Flipp Flapp*. Er schlurfte die Stiege hinunter. Mama und ich schauten uns an und redeten kein Wort miteinander.

20

Rosebud, Rufzeichen, Strichpunkt, Rufzeichen, Strichpunkt, Rufzeichen, Strichpunkt und so fort. Ich hatte eine neue Sims-Familie gegründet. Frau und Mann. Zuerst machte ich sie reich, dann schickte ich sie ins Bett; sie bekamen ein Kind und hatten jeweils mehrere Affären. Irgendwann würde ihr Glück enden, und ich würde den Mann bei einem Brand in der Küche umkommen lassen oder einfach die Leiter des Swimmingpools wegmachen. Mama ließ mich den ganzen Nachmittag Sims spielen, weil ich meine Hausaufgaben bereits erledigt hatte und an diesem Tag so viel passiert war.

Ich hatte einen schweren Magen. Aber ich rannte trotzdem. Durch den Friedhof, an den Gräbern vorbei. Das Eisentor knallte hinter mir zu. Ich schaute nicht einmal, ob ein Auto kam. Rannte. Atmete nicht ein. Die Welt war in Watte gebettet, und ich saß auf einer Wolke, in nebelartige Schwaden gehüllt. Vor der Haustür stand ein großer, geräumiger Kastenwagen. Schwarz. Ein Leichenwagen. Ich glaubte, Mama darin zu erkennen. Diesmal würde ich nicht weihräuchern. Diesmal würde sich eine andere Ministrantin extra Taschengeld verdienen. Ich, wie ich zu Anja ziehen müsste. Kein geriebener Apfel mehr, wenn ich es mit dem Magen hatte. Keine rauen Hände, die mir Erkältungssalbe auftrugen. Nie mehr Mamas Hände. Mir wurde schlecht.

Ich stürzte ins Haus, rannte die Stiege hinauf, riss die Wohnungstür auf und war darauf gefasst, in bestürzte Erwachsenengesichter zu blicken. Erwachsene, die nie wussten, wie sie schlechte Nachrichten überbringen sollten. Die einen nur traurig anschauten, auch wenn es sie nicht persönlich betraf. Und da stand Mama. In ihren engen Leggings trocknete sie Teller und Töpfe ab, die feucht aus dem Geschirrspüler kamen. Eine Haarsträhne fiel ihr über die Stirn, über die Narbe knapp über dem Haaransatz, die bis hinters Ohr reichte und jetzt von Haaren bedeckt wurde. Ihr Kopf, der mit Metallklammern abgeknipst und wieder zusammengenäht worden war. Und ihr Hirn, das nicht geplatzt war und auch in Zukunft nicht platzen durfte.
„Du, stell dir vor, der ältere Nachbarsbub hat sich aufgehängt." Mama erzählte, wie sie ihn noch von der Schule nach Hause kommen gesehen hatte, und dass man ja nie wüsste, was sich in einem Menschen abspielte. „Sogar höflich gegrüßt hat er." Ob sie in seiner Situation dazu imstande gewesen wäre, wisse sie nicht. Mein Körper fühlte sich heiß an. Ich spürte Schweiß unter meinen Achseln. Dünne Härchen klebten an meiner Stirn. Mein Rücken war nass.

Der Leichenwagen war mittlerweile abgefahren. In regelmäßigen Abständen ging Mama auf den Balkon. Sie goss Blumen oder nahm die Wäsche ab oder tat so, als würde sie etwas wegräumen. Sie bewachte den Hof und achtete darauf, ob jemand ihn betrat, der mehr wissen könnte als sie, oder ob es nur Leute waren, die vom Supermarkt nach Hause kamen. Kaum sah sie jemanden, den sie kannte, huschte sie die Stiege hinunter in den Hof. *Psst, psst.* „Nicht, dass es gleich ein jeder hört“, sagte sie dann. Solche Dinge besprach man im Flüsterton. „So ein Schock“, sagte sie. „Ja, ein Schock muss das gewesen sein“, pflichteten alle bei. „So etwas kann man sich nicht vorstellen, das eigene Kind.“ *Najessasmariaundjosef.* Geschichten trugen sich zusammen. Enthielten Schattierungen, Umrisse, Bausteine eines Lebens. Ein Lehrer habe gesagt, seine Schulnoten seien nicht die besten gewesen. Trotzdem kein Grund. Jemand aus dem Verein habe gesagt, er sei eher zurückgezogen gewesen. Aber immerhin war er in einem Verein. Das könne ja nicht jeder von sich behaupten. „Da geht's einigen viel schlechter, und trotzdem bringen sie sich nicht um“, sagte Mama. „Na geh, na geh“, sagten andere, wenn es ihnen zu weit ging. Oder um sie indirekt anzuspornen, noch weiterzugehen. Um sich gegenseitig in die Höhe zu schaukeln. „Aber den wahren Grund kennt nur der Herrgott“, waren sie sich einig.

Alle rüsteten sich für das große Begräbnis. In den Tagen davor wuchs meine Sims-Familie, hatte neue Kinder bekommen und neue Affären. Es gab eine unerschöpfliche Geldquelle. Jobs waren für meine Sims nur etwas für den Ehrgeiz und zum Zeitvertreib. Oder, um dem anderen Sim ein Techtelmechtel mit dem Nachbarn zu ermöglichen. Und da bekam ich einen Anruf. Man habe gehört, der eigene Nachbar, da müsse ich ministrieren, das wäre mir doch bestimmt ein Anliegen. Deshalb hat man mich als Erste angerufen, um ihm die letzte Ehre zu erweisen. Das waren typische Erwachsenensätze. Ich stellte mir vor, wie ich eine Ähre aus dem Erntedankkörbchen nahm und sie meinem Nachbarn gab, von dem ich nicht mehr kannte als seinen schlaksigen Körper und sein müdes Gesicht, wenn er sich von der Schule nach Hause schleppte. Ich hatte keine Lust, dafür meine Sims-Familie zu unterbrechen. Aber Mama sagte: „Jetzt reißt du dich aber zusammen. Erst die Arbeit, dann das Spiel."

Es gab sie, die Angsttage. Tage, an denen ich die Augen aufschlug und dachte, Mama sei tot. An denen ich nicht aus dem Bett kam, weil meine Brust schwer war wie Obelix' Hinkelstein. Wenn ich mich endlich aufzustehen traute, tappte ich langsam, Schritt für Schritt, durch die Wohnung. Spähte vorsichtig ins Badezimmer. Ging an der Küchentheke vorbei, die den großen Raum in zwei Teile schnitt. Oft erblickte ich hinter dem CD-Player Mamas Hinterkopf. Wie sie in ihrer Strickweste da saß und Ribiselmarmelade aufs Brot strich. Dann wusste ich, dass alles gut war. Ich sah sie in ihr Brot beißen, kauen, es zermalmen, und stellte mir vor, es wäre das letzte Mal, dass sie Ribiselmarmelade aus der Abstellkammer holte, und das letzte Mal, dass sie dieses Brot zerbiss. Ich schüttelte dann den Kopf. Mich rüttelte es, durchzuckte es. „Was hast du denn?" – „Nichts." An diesen Tagen bat ich Mama, mir einen französischen Zopf zu flechten. Den bekam ich alleine nicht hin und könnte ihn dann für immer tragen.

Mit dem Zopf ging ich in die Schule, und obwohl ich wusste, dass Mama lebendig war, hatte ich Angst, dass sich das von einer Minute auf die andere ändern könnte. Wenn mich ein Lehrer am Gang ernst anschaute, zog

sich der Knoten in meiner Brust weiter zusammen. Bald würde ich ins Sprechzimmer gerufen werden. In die Gesichter von mitfühlenden Erwachsenen starren. Mein Hals schnürte sich zu. Der Grund, warum ich keine Ketten tragen konnte. Nach jeder Schulstunde klappte ich mein Handy auf. *1 Anruf in Abwesenheit*, und ich würde sofort wissen, dass es schlechte Nachrichten wären. Ich wollte nach Hause. Überlegte, ob ich Übelkeit, Schwindel oder Kopfschmerzen angeben sollte. Aber da würde man mich zur Schulärztin schicken und zu Hause anrufen.
Mama sagte, damit sie nicht sterben würde, gehe sie regelmäßig zu Kontrollterminen. Sie musste zu verschiedenen Ärzten und in unterschiedliche Krankenhäuser. Manche sahen sich ihren Kopf in einer großen Röhre an, die laute Geräusche machte. Da wurde überprüft, wie ihr Kopf von innen aussah. Sie hatte mittlerweile auch ein Medikament gegen epileptische Anfälle bekommen.

Einmal war Mama zusammengesackt. Am nächsten Tag hatte ich sie schlafend am Badezimmerboden gefunden. „Nach dem Zähneputzen ist es mir schlecht gegangen, da habe ich mich hingelegt“, sagte sie. Ich lachte. Im Gegensatz zu anderen Müttern schlief Mama, wo sie wollte. Wenn sie zu müde war, um ins Bett zu gehen, schlief sie einfach, wo sie sich gerade aufhielt. Mama war definitiv lustiger als andere Mütter. Aber sie entwickelte durch den Vorfall Angst. Sie befürchtete, dass sie es das nächste Mal nicht vorhersehen könnte, und was, wenn sie sich dann nicht rechtzeitig hinlegen könnte. Mama ging zum Arzt und bekam ein zusätzliches Medikament. Es machte sie extrem müde. Es war, als ob sie aus einer Traumwelt zu mir sprechen würde. Ihre Augen fielen seitdem oft zu und blieben einige Sekunden lang geschlossen, ehe sie zu mir zurückkehrte. Einmal passierte ihr es beim Abwaschen. Ihr Kinn fiel nach unten. Ein Schnarcher und ein Taumeln. Der Topf landete mit einem Knall auf dem Fliesenboden, und Mama blickte erschrocken auf. „Was ist denn passiert?" Es machte mich wütend, wenn sie so hilflos und alt wirkte. Wenn sie in einer Sekunde um zehn Jahre alterte. Kinn und Augen nach unten hingen, die Schläfen grauer wurden. Ich zwang Mama, sich die Haare zu färben. „Keine der anderen Mütter hat weiße Haare", sagte ich. „Na gut", lenkte sie ein. Mama färbte sich zum ersten Mal die Haare und lief dann eine Woche mit schwarzer Stirn und schwarzen Ohren herum, weil sie das überschüssige Färbemittel nicht wegbekam. Ich war wütend. Ich wollte das Alter aus ihrem Gesicht löschen, wollte die Zeit zurückspulen bis zur Zeit vor ihrem Gehirnschlag.

21

„Das darfst du nicht dem Manfred erzählen", sagte Mama. „Der regt sich sonst nur auf." – „Aber er wird ja merken, dass wir den ganzen Tag unterwegs sind?" – „Ich habe ihm erzählt, dass wir eine Wanderung auf den Eichenkogel machen." – „Aber das ist gelogen!" – „Naja, gelogen und auch wieder nicht. Wir wandern ja wirklich, nur nicht auf den Eichenkogel."

Begonnen hatte es damit, dass ich Mama erzählt hatte, ich hätte vielleicht meinen Vater gesehen. An die Begegnung im Café konnte ich mich nicht mehr gut erinnern. Nur noch an die Bananencremeschnitte und daran, dass Mamas Uhr auf- und abrutschte, weil sie ihr Handgelenk nervös hin- und herbewegte. Als Anja hörte, dass ich kaum eine Erinnerung an ihn hatte, war sie entsetzt. „Er ist bald siebzig. Besser, du lernst ihn jetzt kennen, bevor es zu spät ist." Ein geheimnisvoller Klang lag in ihrer Stimme. Mit offenem Satzende. Dabei musste die Stimme nach unten gehen, wenn ein Punkt kam. Erwachsene machten das oft, sie hielten sich nicht an das, was ich in der Schule gelernt hatte. Ich verstand nicht, warum. Es bestand dadurch die Gefahr, dass jemand etwas missverstand.

Ich konnte mir die Zahl siebzig nicht vorstellen. Ich war gerade zehn geworden und musste künftig zwei Ziffern ins Freundschaftsbuch schreiben. Das machte mehr Arbeit. Vor allem musste ich jetzt mein Leben lang mit zwei Ziffern zurechtkommen. Es nahm auch viel mehr Platz in

Anspruch. Wenn ich den Einser zu groß schrieb, musste ich den Nuller dazu quetschen. Zehn war ein Alter, das auch Katzen erreichen konnten, aber 70 nicht. Die ältesten wurden 20, hatte ich gehört. Die meisten starben aber schon früher. Fliegen wurden nicht alt. Schnecken erstaunlicherweise schon, wenn sie nicht zertreten wurden. Ich hatte gelernt, dass man das Alter von Schnecken gut an ihrer Schale ablesen konnte. Jeder Wachstumsstreifen stand für einen Tag. Nacktschnecken wurden in der Regel nicht älter als zwei Jahre. Wie man das Alter der Nacktschnecke maß, war mir unklar.

„Du kannst deinen Vater dann auch gleich persönlich nach dem Vatertagsgeschenk fragen", sagte Mama. – „Glaubst du, er hat es noch?" – „Weggeworfen wird er es doch nicht haben." Ich stellte mir vor, wie es in seinem Wohnzimmer hing, genauso wie wir das Hirschgeweih hängen hatten, auf dem das Jahr vor meiner Geburt notiert war. Die Wand rund um das Geweih war längst vergilbt, aber Mama weigerte sich, sie ausmalen zu lassen. „Das ist noch gut genug für unsereins." Vielleicht hatte mein Vater bei sich zu Hause auch nicht ausgemalt, sondern auf die Wiedervereinigung gewartet.

Ich war noch nie auf der Alm gewesen. Ich kannte nur das Foto, das in Mamas Schlafzimmer hing. „Das ist bloß ein Bruchteil des Ganzen", sagte sie. Es gäbe noch wesentlich mehr Wald, andere Tiere und ein richtiges Holzhaus, ein schönes. Mama hatte noch ein zweites, kleineres Bild von der Alm in ihrem Zimmer. Darauf war ein Schotterweg zu sehen. Ich verstand lange nicht, warum Mama sich einen Weg und eine Wiese an die Wand gehängt hatte. „Diesen Weg bin ich immer gegangen“, sagte sie. „Das erste Stück bin ich mit dem Auto hinaufgefahren, aber dann wird es irgendwann zu steil für das Auto.“ Ich stellte mir vor, wie ich denselben Weg gehen würde. Wie mein Leben aussehen würde, wenn wir dort wohnen würden. Wie mich mein Vater ins Tal fahren und ich den Zug in die Stadt zur Schule nehmen würde. Dann wäre ich auch ein Pendlerkind. Ich würde mit den Hirschen sprechen wie im Märchen. Ich stellte mir vor, wie ich dornröschengleich über eine Lichtung tanzte und die Tiere, die mich bewunderten, um mich herum Musik dazu machten. Vielleicht spielte mein Vater auch ein Instrument. Ich wusste, dass er früher einmal in einer Band gewesen war. Ich sah mich auf der Lichtung tanzen, und ich hüpfte durch das Wohnzimmer und sang. *La-a La-a, ich kenn dich, du warst bei mir einst einmal im Traum. Ich kenn dich, dein strahlender Blick traf tief ins Herz mir hinein.* Ich konnte mein neues Leben schon vor mir sehen. Es war ein Leben ohne Manfred, ohne Alkohol und ohne Blut. Ein Leben in der Natur. Ich würde dann richtig vom Land kommen und nicht nur so halb. Ich stellte mir vor, wie wir oben ankommen würden, außer Atem wären und verschnaufen müssten und wie sich dann die Blicke von meinem Vater und mir treffen würden. Wie er wie im Film *Hausboot* seine Arme ausbreiten und ich in sie hineinlaufen würde. Ich hoffte, dass ich mich das trauen und nicht wie versteinert stehen bleiben und ihn verärgern würde. Er wäre wie der Barmherzige Vater aus der Bibel, der ein Fest abhielt, weil sein verlorener Sohn heimgekehrt war. Ich stellte mir die Kleidung vor, die mein Vater tragen würde. Wie er sich bewegen würde. Ich würde die Schablone endlich mit seinem Gesicht ausfüllen können und mir nicht mehr mit dem Gesicht eines Schauspielers oder dem Musicalvater behelfen müssen.

Wir sagten Manfred also, dass wir wandern gingen, und packten unsere Rucksäcke. Wir nahmen den allerersten Zug, dann mussten wir lange an einer Asphaltstraße entlanggehen, ehe der Anstieg auf die Alm begann. „Vielleicht fährt er uns ja wieder hinunter, dann müssen wir nicht so früh aufbrechen“, sagte ich. – „Jetzt schauen wir mal, wie er überhaupt reagiert.“
Die Asphaltstraße kringelte sich. Und dann zog sie sich wieder in die Länge. Aber meistens legte sie sich in Kurven, denen Mama und ich wegen der vorbeifahrenden Autos im Gänsemarsch folgten. Die Straße war länger, als ich sie mir nach Mamas Erzählungen vorgestellt hatte. „Wieso hast du nicht gesagt, dass sich das so zieht?“ – „Naja, ich war schon zehn Jahre nicht mehr hier. So genau weiß ich es eben nicht mehr.“ Die Autos fuhren schnell. Die Fahrer waren nicht an Fußgänger gewöhnt. Die Straße war für Pendler gemacht, die zwischen der Arbeit in der Kleinstadt und dem Leben im Dorf hin- und herfuhren. Einmal berührte mein Fuß etwas Weiches, das kein Asphalt sein konnte. Ich schrie. Ein toter Igel lag unter mir. Er war noch deutlich als Igel zu erkennen mit seiner weichen Schnauze, den kurzen Füßen und dem stacheligen Körper. Das war der erste Tote auf dem Weg. Später stieg Mama beinahe in einen toten Hasen, und dann folgte ein Frosch. Platte, tote Tiere. „Warum passen die Leute hier nicht auf?“, fragte ich Mama. „Ja,

solche Trottel", erwiderte sie. Meine Füße brannten, ich hatte Blasen bekommen. „Lass uns die Füße im Bach kühlen", schlug Mama vor. Ich saß zwischen Sträuchern und ließ die Beine in den Bach baumeln. Mama watete vor mir wie ein Storch. Sie hatte in der Apothekerzeitschrift gelesen, dass Im-kalten-Wasser-Waten gesund war. Irgendwann tauchte zu unserer Linken ein Forstweg und ein Postkasten auf. „Da müssen wir hinauf", sagte sie. Wir gingen an Kuhweiden vorbei. Ein Bauer kam uns auf dem Traktor entgegen. „Kennst du den?", fragte ich Mama, als er uns grüßte. „Nein, glaube nicht, aber das ist sicher der Nachbar von deinem Vater." – „Aber wir sind ja noch gar nicht da." – „Hier wohnen die Leute weit auseinander."
Der Weg war noch immer steil, aber langsam gelangten wir in ein Waldstück. Ich sah ein offenes Eisentor vor mir. Es gab keine Klingel. Mama räusperte sich ein paar Mal. Da wir keine Antwort bekamen, gingen wir durch das Tor. Ein Mann stieg von der Leiter, die an das Holzdach gelehnt war. Er war alt und dünn. Größer als Mama und ich, aber nicht so groß wie andere Männer. „Kommt ihr wegen dem Holz?", fragte er. „Erinnerst du dich nicht an mich?", entgegnete Mama. Der Mann hielt kurz inne. „Deine Tochter würde dich gerne kennenlernen." – „Jetzt kennst du mich. Bist du zufrieden?", sagte der Mann zu mir. „Na kommt, stellt euch zusammen für ein Foto", befahl Mama. Wir folgten. Zwischen uns ein größerer Abstand, wir lächelten. *Knips*. „Schaut euch um, wenn ihr wollt", sagte der Mann. Dann drehte er sich weg und kletterte wieder auf seine Leiter.

Und er reckte die Hand aus, griff nach dem Messer und wollte seinen Sohn schlachten. Ich dachte an Abraham, der bereit war, sein Kind für Gott zu opfern und der sich nur von den Rufen der Engel stoppen ließ. Ich wartete, aber hörte nur das Röhren der Hirsche aus der Ferne.

1

Mama saß auf der Couch, den Kopf über einen ihrer drei dicken Ordner gebeugt, die sie auf dem Tisch vor sich ausgebreitet hatte. Links daneben, auf einer kleinen freien Fläche, Bankauszüge mit Zahlenreihen und gelb markierten Stellen. Mindestens einmal pro Monat überprüfte sie die geplanten Ausgaben. „Ich schaue, wo wir sparen können", sagte sie, wenn ich sie fragte, was sie machte.

Wenn Schulausflüge anstanden, dauerte alles etwas länger. Sie musste dann zusätzliche Formulare ausfüllen, um einen Zuschuss zu bekommen. Manchmal, wenn sie eine Formulierung nicht verstand, fragte sie Manfred: „Du, was heißt denn das schon wieder?" Die Zettel wurden in der Klasse ausgeteilt. Wenn man einen brauchte, musste man aufzeigen. Nur ich und ein Mädchen, dessen Eltern Bauern waren, brauchten sie. Manchmal zeigte ich nicht auf, dann schimpfte Mama zu Hause mit mir, und ich musste am nächsten Tag erst recht die Lehrerin fragen. Dann gab es noch den Elternverein, bei dem man anfragen konnte und an den Mama einen Brief schreiben musste. Jedes Jahr, wenn das der Fall war, begann sie mehrmals von vorne und erzählte dann doch wieder nur dasselbe. Die Geschichte ihrer Gehirnblutung. Anschließend musste ich den Brief der Französischlehrerin, die im Vorstand des Elternvereins war, überreichen. *Je te tiendrai au courant*. Futur simple. Nach der Zusammenkunft des Vereins kam sie mit einem Kuvert in die Klasse und flüsterte leise meinen Namen. Das Kuvert hatte ich zu Hause Mama zu übergeben. Meistens waren es so um die fünfzig Euro. Was nach Abzug der Förderungen von öffentlicher Hand und Elternverein übrigblieb, musste Mama selbst zahlen.

Dann holte sie die Ordner erneut aus den Schränken und sagte: „Jetzt geht's ans Eingemachte." Sie überprüfte mehrmals, was wir während der Woche für Lebensmittel ausgaben und wo wir noch sparen konnten. Nach den Ordner-Tagen verkochte sie Reste oder wärmte abgelaufene Germknödel, die sie vom Sozialmarkt geholt hatte, auf. Unser Kühlschrank war voll mit Abgelaufenem. Wenn Mirjam zu Besuch war, sagte sie mit ironischem Unterton: „Bitte etwas, das nicht abgelaufen ist!" Um derartige Bemerkungen zu vermeiden, übermalte Mama das Haltbarkeitsdatum mit einem Fineliner. Sie war der Meinung, es würde nicht auffallen, aber es stach umso mehr ins Auge, da sie die kleine Druckschrift nicht gut nachmachen konnte.

Mama sagte, dass unser Leben teurer geworden sei, jetzt, wo ich im Gymnasium war. Sie sagte auch: „Kleine Kinder, kleine Sorgen, große Kinder, große Sorgen." Und fügte erklärend hinzu: „Kaum sind sie groß, brauchen sie laufend etwas." Ich vermutete, dass sie mit diesem Satz auf die neue Kleidung anspielte, die ich mir für den ersten Schultag erbettelt hatte.

Ich hatte das Jeans-Set bestehend aus einem kurzen Rock und einer Weste, die man über einem T-Shirt trug, im

Schaufenster von C&A gesehen, als wir nach der Kirche in der Stadt waren. Ich hatte Mama überredet, am darauffolgenden Montag noch einmal hinzugehen, damit ich es probieren könnte. Die Verkäuferin kam sofort auf uns zu und sagte: „Denim ist jetzt ganz in Mode." Auf der Weste war ein weißer Glitzerstern aufgenäht. „Darunter zieht man ein fetziges T-Shirt an", sagte die Verkäuferin. „Perfekt für den ersten Schultag." Mama stand hinter ihr und verzog den Mund. „Wann ziehst du das denn sonst noch an?", wandte sie ein. „Das passt auch für die Firmung", entgegnete ich. Die war zwar erst in zwei Jahren, aber ich wusste, dass die Firmung ein gutes Argument war. Außerdem hatte ich gerade einen Wachstumsschub hinter mir und war eines der größten Mädchen in der Klasse. „Wenn du nicht noch einmal so in die Höhe schießt", sagte Mama.

Obwohl der Rock im Geschäft perfekt gepasst hatte, hatte ich auf dem Weg zur Schule das Bedürfnis, ständig daran herumzuzupfen. Beim Gehen wirkte er plötzlich viel kürzer. Sobald ich einen Schritt machte, wedelte der Rocksaum hinauf. Ich hatte das Gefühl, dass mir alle auf die Beine starrten. Vielleicht hätte ich doch etwas anderes anziehen sollen, aber ich konnte nicht mehr zurück, sonst würde ich zu spät kommen und meine Sitznachbarin würde sich jemand anderen suchen.
Für den perfekten ersten Tag im Gymnasium hatte ich einiges vorab geplant. Ich hatte ein Mädchen aus der Volksschule dazu überredet, sich neben mich zu setzen, und sie vor dem Ende der Ferien noch einmal daran erinnert. Ich war extra früh aufgestanden und hatte mir von Mama

einen französischen Zopf flechten lassen. Mama lachte mich aus, aber die Vorbereitung war wichtig, denn im Gymnasium würde sich die Spreu vom Weizen trennen, hatte ich gehört. Und ich wollte definitiv das Bessere von beiden sein, auch wenn ich nicht genau wusste, was das war. Als ich die Klassenzimmertür öffnete, winkte mir meine Schulfreundin zu. Sie hatte einen Platz in der zweiten Reihe reserviert, so wie wir es ausgemacht hatten. In der zweiten Reihe konnte man alles gut lesen und dem Lehrer folgen, ohne jedoch wie ein Streber in der ersten Reihe zu wirken. Und in der letzten Reihe saßen die Faulen, diejenigen, die sich nicht bemühten. Zu denen wollte ich nicht gehören. Als ich das Klassenzimmer betrat, rief ein Mädchen aus der Volksschule: „Die Charlotte ist auf einmal ganz modisch." Ich fühlte, wie eine Welle durch meinen Körper ging. Ich war stolz. Ich hatte den ersten Tag genauso begonnen, wie ich ihn geplant hatte.

Anja hatte mir oft gesagt: „Ist der Ruf erst ruiniert, lebt es sich ganz ungeniert." Sie wollte, dass ich weniger lernte, öfter rausging und mehr Spaß hatte. Aber ich begann gerade erst damit, mir am Gymnasium einen guten Ruf zu erarbeiten.

Zu Beginn der ersten Stunde saßen einige Eltern in der letzten Reihe und hörten sich an, was der Lehrer erzählte. Ich verstand nicht ganz, warum das nötig war, jetzt wo wir schon groß waren. Manche Eltern riefen während der Ausführungen des Lehrers dazwischen, machten Witze oder merkten sonst etwas an. Ich drehte mich überrascht um. Mama hätte so etwas nie gemacht. Sie wäre still auf ihrem Platz gesessen und hätte gewartet, bis sie entweder an der Reihe gewesen wäre oder bis man sie um ihre Meinung gefragt hätte.

Mama klappte ihre Ordner zu und stellte sie zurück an ihren Platz. Sie hatte sich alles genau ausgerechnet. Auf einem A4-Zettel hatte sie das Geld, das sie bekommen würde, notiert und dann alles abgezogen, was diesen Monat für Wohnung und Schule anfiel. Wenn das Ergebnis nicht zufriedenstellend war, dann gab es Erdäpfel mit Butter. So nannte ich sie. Mama sagte Pellkartoffel dazu. Das hatte sie in Deutschland so gelernt. Weil man die Schale der Erdäpfel pellen, also abziehen musste. Pellen war ein lustiges Wort, fand ich. Abziehen oder schälen konnte man für viele Dinge verwenden, aber pellen nur für die Kartoffel. Außerdem hatte es zwei *l* und zwei *e* und enthielt das Wort Elle, wie in Elle und Speiche. Erdäpfel mit Butter zu essen, machte auch ziemlich müde, da man jeden einzelnen Erdapfel mit dem Buttermesser schälen musste, und zwar hauchdünn. Sobald ich tiefer hineinschnitt und zu viel Erdapfel auf der Schale zurückließ, ermahnte mich Mama. „Nicht verschwenderisch sein“, sagte sie. Dann musste ich die Erdäpfelkrümel von der Schale kletzeln oder sie abschlecken. Danach schnitt ich ein Stück kalte Butter ab und strich sie über den gesamten Erdapfel. Das war die eigentliche Faszination. Die Butter, die gerade noch so hart und kalt auf der Messerspitze gelegen war, begann plötzlich zu schmelzen und sich aufzulösen. Sie wurde durchsichtig. Wenn ich nicht aufpasste, rutschte sie vom Erdapfel hinunter und verteilte ihren durchsichtigen Glanz auf dem Teller. Ich liebte es, der Butter zuzusehen, wie sie sich verflüssigte. Wie sie sich in eine andere Gestalt verwandelte und nicht mehr zu sehen war, nur noch zu schmecken. Am liebsten hätte ich mich auch so verwandelt. *Zack*. Mich verdünnisiert. Unsichtbar geworden, aber immer noch da. Ich hatte die Vermutung, dass uns das ganze Ritual mehr satt machte als das Essen an sich. Irgendwann war der Bauch mit lauter warmen, kleinen Erdäpfeln gefüllt, und ich konnte nicht mehr. Das Gute an diesem Essen war, dass ich nie aufessen musste, weil Mama froh war, wenn noch etwas für den nächsten Tag blieb. Die restlichen Erdäpfel blieben in der Pfanne, und Mama besserte ihre Liste aus.

2

Obwohl Marcel im selben Ort wohnte, sah ich ihn nur einmal im Jahr. Und zwar immer, wenn Anja zu Besuch kam und sagte: „Komm, jetzt fahren wir zu Marcel." Ich wollte nicht mit, aber sie redete mir zu, und ich traute mich nicht, Nein zu sagen. „Wir sind Familie", sagte sie. Sie ließ dabei den Artikel weg wie im Lied *We are family*. Manchmal sang sie es auch, was sich mit den deutschen Wörtern nie gut ausging. Anja sagte: „Blut ist dicker als Wasser. Dein Bruder wohnt im selben Ort, es gibt keinen Grund, ihn nicht zu besuchen."

Als wir bei Marcel läuteten, kam ein knappes „Wer will was von mir?" zurück. Wir sagten unsere Namen und hörten ein Schnaufen aus der Gegensprechanlage. Marcel erinnerte mich an das Biest aus *Die Schöne und das Biest*. Er sagte nie ganze Sätze oder Wörter, er reagierte mit einem Keuchen, Grummeln, Schnaufen, schabte mit den Hinterbeinen wie ein vierbeiniges Monster und bäumte sich auf. Auf vier Pfoten stürmte er die Palasttreppen hinunter, um sich den feindlichen Dorfbewohnern zu stellen. Kurz bevor er die Haustür aufriss, hörten wir, wie seine Hinterbeine auf der drittletzten Stufe aufkamen. Einmal. *Pamm*. Zweimal. *Pamm*. Dreimal. *Pamm*. „Na, lasst ihr euch auch mal wieder blicken", schnaubte uns das Biest entgegen. Ich wartete darauf, dass er uns am Handgelenk packen und in den Kerker werfen würde. „DIE habe ich ja schon lange nicht mehr gesehen." Mit DIE meinte er mich. Seit ich älter geworden war, sprach Marcel mich nicht mehr direkt an. Er redete mit Mama oder Anja über mich, während ich daneben stand. Mit Mama fuhr ich schon länger nicht mehr zu Marcel, weil er die ganze Zeit darüber redete, wie schlimm es ihm früher gegangen war. Manchmal schnaufte er und sagte mit ironischem Unterton: „Mutter des Jahres." Wenn ich mit Anja bei ihm war, redete er meistens über Frauen. „Die sind alle gleich, immer nur aufs Geld aus. Wenn man kein Geld hat, dann braucht man sich gar keine Hoffnungen machen." Anja protestierte und sagte: „Das stimmt doch gar nicht, es geht darum, wie einer ist." Dann tippte sich Marcel mit der Hand auf die Stirn und deutete ihr, dass sie bescheuert war. „Mit dir kann man auch nicht mehr reden", sagte er zu Anja. „Und SIE glaubt jetzt, dass sie was Besseres ist, am Gymnasium mit den Politikerkindern. Die wird schon genauso wie die anderen, immer nur aufs Geld aus." – „Hast du meine Karte bekommen?", fragte ich ihn. Ich hatte ihm vom Ferienlager in Melk eine Karte geschrieben. Anja hatte ich auch eine geschrieben und wollte ihn nicht auslassen. „Habe ich gesehen", antwortete er. Marcel machte eine kurze Pause, ging zum Kühlschrank und holte sich ein Joghurt.

Ich wartete darauf, dass dem Kühlschrank Arme wachsen würden, er sich automatisch öffnen und anfangen würde, mit uns zu reden. Dass die versteinerten Gegenstände in Marcels Wohnung plötzlich zum Leben erweckt und uns Hinweise geben würden, wie wir mit ihm umgehen sollten. „Das war die nächste Enttäuschung. Ich habe zuerst gedacht, dass mir die eine aus

Melk schreibt, und dann warst es nur du." Nur ich. Ich schaute an mir hinunter und zog meinen Bauch ein. Das hatte ich für kurze Zeit ganz vergessen. Die Bauchfalte quoll regelrecht über meinen Hosenbund. Mein Bauch, groß und schwabbelig, war im Weg. Wölbte sich über meinen Oberkörper wie ein Polster. Am Klo konnte ich es besonders deutlich sehen. Ich hob das Kleid hoch oder knöpfte die Hose auf, und *platsch* legte sich der Polster auf meine Oberschenkel. Ich hatte ein Bein über das andere gelegt und wechselte hin und her, damit man nicht sehen konnte, dass sich meine Oberschenkel über den ganzen Sessel ausbreiteten. Das Biest gab es zwar, aber die Schöne nicht. Während ich früher noch Prinzessin werden wollte, fühlte ich mich jetzt eher wie Ursula, die Meereshexe, die ihren dicken Bauch vor sich herschob und der ihre eigenen Tentakel in die Quere kamen.

Neben den verzauberten Gegenständen musste es irgendwo in Marcels Wohnung auch eine Rose geben, die unter einer Glaskuppel stand und langsam verwelkte. Marcel suchte schon länger eine Frau. „Du musst nur mal ein freundliches Gesicht machen, dann findest du leichter jemanden." Marcel schnaufte, wenn Mama ihm das sagte. Zu Anja und mir sagte Mama: „Wenn er eine Frau hätte, würde es ihm besser gehen, dann wäre er nicht so." Anja versuchte, ihn aufzumuntern: „Schau, du kannst alles werden, was du willst!" Marcel erwiderte nur: „Ja klar, weil ich Präsident sein kann, wenn ich es mir einbilde." Er lachte. *Ha. Mh. Ha. Mh. Ha. Mh.* Ich stellte mir vor, wie er nach unserem Besuch zurück in den Westflügel seines Palastes ging und der Rose beim Verwelken zusah.

Wir hatten die Rose bisher nur einfach nicht gefunden, weil es bei Marcel genauso aussah wie im Palast des Biestes. Nur ein Trakt war renoviert und betretbar. Der Rest, der von Marcel nicht bewohnt wurde, war von Staub bedeckt. Alles lag hinter einer grauen, körnigen Schicht. Ich dachte an Belle, die über Stofffetzen und Gerümpel steigen musste, um zur aus der Ferne leuchtenden Rose zu gelangen, und die dann vom Biest verscheucht wurde. Nur dass bei Marcel keine Belles ein- und ausgingen. Das kam dann doch wieder nur im Märchen vor.

Die Zeit bei Marcel verging nicht. Was es noch schlimmer machte, war, dass er in seinem Wohnzimmer keine Uhr hatte. Also war ich nie sicher, ob wir bereits fünf Stunden beisammen saßen oder lediglich eine. Sobald ich etwas von der Schule erzählte, machte er sich darüber lustig. Die anstehende Sprachreise fand er lächerlich. „Wofür soll das gut sein? Hier wird immer noch Deutsch gesprochen." Am meisten zweifelte er an der Sinnhaftigkeit von Schule. „Und was ist dann, wenn du damit fertig bist? Dann hast du noch immer nichts Gescheites gelernt. Willst du dann Arbeitslosengeld beantragen wie ein Assi? Wie der Manfred?" *Ha. Mh. Ha. Mh. Ha. Mh.* Ich konnte Marcels Lachen nicht mehr hören. Ich wollte die einzelnen Wortfetzen miteinander verbinden, sodass ein normales Gelächter dabei rauskam.

Irgendwann schlug sich Anja mit den Händen auf die Schenkel und sagte: „So, es ist spät geworden." Wir verabschiedeten uns von Marcel und stiegen in Anjas Auto. Noch bevor sie losfuhr, begann ich zu weinen. „Was ist denn?“, fragte sie. „Er ist einfach so, das hat nichts mit dir zu tun.“ Der Rotz schob sich mir über Kopf und Nase. Ich zog ihn wieder ein und atmete durch den Mund. Mein Atem zitterte, ich schnaufte laut ein und aus. Das unterschied weinende Erwachsene von Kindern. Erwachsenen liefen die Tränen unbemerkt herunter, während Kinder mit ihrem ganzen Körper weinten. Es machte mich wütend, dass ich noch in der Kinderphase steckte. Anja klopfte mir auf die Schulter und holte ein Taschentuch aus der Autoschublade. „Ist leider schon angeschnäuzt, aber da ist noch ein Platz frei“, sagte sie und lachte. Ich wischte mir die Tränen ab, schnäuzte und sagte: „Da fahre ich nie wieder hin.“

3

Bald würden die Ergebnisse der Abstimmung über die beliebtesten Mädchen bekanntgegeben werden. Mädchen durften einander nicht bewerten, die Liste wurde von den Buben erstellt. Schon Tage zuvor hatten sie darüber geredet, sodass sich einige Mädchen besonders bemühten, eine gute Platzierung zu erhalten. Bewertet wurden drei Kategorien: Aussehen, Intelligenz, Nettigkeit. Die dritte Kategorie wurde stark davon beeinflusst, ob man die Buben von der Mathe-Hausübung abschreiben ließ oder nicht.

Als der Klassensprecher die Liste in der großen Pause aufhängte, taten wir erst so, als würde sie uns nicht interessieren, und drängelten uns dann doch um sie herum. „War eh klar, dass die drei wieder ganz vorn sind“, sagte eine aus der Klasse zu mir. Die beliebtesten Mädchen lieferten sich ein Kopf-an-Kopf-Rennen. Sie waren jeweils nur um einen Punkt voneinander entfernt. Ich begann, die Liste von oben durchzugehen. Als ich in der Mitte angekommen war und meinen Namen noch nicht gefunden hatte, fing ich von hinten an und musste nicht lange suchen. Mein Name stand auf dem letzten Platz.

Ich dachte an die Beauty-Tipps aus dem Bravo-Heft, die ich streng befolgte. *Mit festen Armen ins Sommer-Top. Dazu einfach täglich Wasserflaschen-Stemmen. Bauchfrei: nur sexy, wenn alles straff ist. Ganz einfach mit nur 20 Liegestützen pro Tag. Kalte Güsse sorgen für einen schönen Ausschnitt. Dafür den Busen beim Duschen mit kaltem Wasserstrahl einkreisen. Knackig in Hotpants: Pobacken mindestens 20 Mal hintereinander anspannen und immer die Treppe nehmen. So machst du eine tolle Figur, ganz ohne zu schummeln.* Ich dachte an die Looks der Stars aus dem Mädchen-Spezial-Heft, für das ich mein ganzes Taschengeld zusammengekratzt hatte. Ich probierte stundenlang, sie nachzumachen. Es war mehr Buch als Heft, in dem hundert Stars samt ihren Beauty-Looks und Ideen zum Nachschminken aufgelistet waren: der natürliche, aber smarte Emma-Watson-Stil für Schularbeiten und Tests bis hin zum auffälligen Punk-Outfit von Avril Lavigne oder zum sexy Paris-Hilton-Look. Ich hatte außerdem damit begonnen, meine Haare selbst zu blondieren, und testete alle möglichen Formen der Enthaarung. Epilieren, Wachsstreifen, Einwegrasierer, Mehrwegrasierer, Enthaarungsschwamm. Einmal die Woche ließ ich mir ein Bad ein, obwohl Mama sich wegen der Wasserverschwendung beschwerte, legte mir Gurken auf die Augen und massierte meine Ellbogen mit Zitronen, damit sie zart wurden. Um genauso dünn zu werden wie die anderen Mädchen aus der Klasse, machte ich eine Diät. Ich wählte eine Crash-Diät, bei der man schnell Resultate sehen konnte, denn ich wollte auf keinen Fall Zeit verschwenden. Bei dieser Diät durfte man keine Kohlenhydrate essen, Brot war also streng verboten, und in den ersten Wochen sollte man sich nur 800 bis 900 Kalorien pro Tag zuführen. Danach durfte man sie etwas erhöhen. Ich beschloss, bei 800 Kalorien zu bleiben, denn ich musste viele Kilos verlieren. Dabei dachte ich an meinen Bauch, der schwammig auf meine

Schenkel herunterhing, und meine Beine, die im Sommer aneinander rieben. Ich stellte mir vor, was andere Leute über mich sagen würden, und hörte dabei Mamas Stimme: „Schau dir die an, die hat auch ein paar Kilos zu viel auf den Hüften." Es war nicht allzu schwer, der Diät zu folgen, da Mama sich vor Kurzem im Fitnessstudio angemeldet hatte. Gerade hatte eines in der Stadt eröffnet und machte deshalb in unterschiedlichen Lokalzeitungen Werbung mit dem Spruch *Überwinde deinen inneren Schweinehund*. Sollte man nicht wie vereinbart abnehmen, würde man sein Geld zurückbekommen. „Nützt's nichts, schadet's nicht", sagte Mama. Sie ging drei Mal wöchentlich ins Fitnesscenter, einmal pro Woche durfte ich mitgehen. Außerdem erhielt sie eine Mappe mit Rezepten, die nach Kalorienanzahl sortiert waren. Ganz vorne war eine Kalorientabelle eingeheftet. Mama musste über die Kalorien, die sie zu sich nahm, Tagebuch führen. „Da haben immer alle gesagt, ein Apfel pro Tag sei gesund, und jetzt lerne ich, dass der viele Kalorien hat." Wenn Mama einen schlechten Tag hatte und einen Riegel Schokolade aß, sagte sie, noch mit vollem Mund: „Oje, jetzt habe ich wieder gesündigt." Manchmal sündigte ich auch. Danach fuhr ich mir mit der Hand in den Mund, so wie ich es im Internet gelesen hatte, aber es gelang mir nicht, die Sünde herauszuwürgen. *Und gebenedeit ist die Frucht deines Leibes, Jesus, der für uns die Sünden der Welt auf sich genommen hat.* Die Kaugummi-Klumpen, die sich in meinem Mund ansammelten, um das Hungergefühl zu verdrängen. Der Schwindel, der über mich kam, wenn ich zu schnell aufstand. *Jesus, der für uns gegeißelt worden ist.* Die Haare, die langsam immer dünner wurden und sich auf meinem T-Shirt sammelten. *Jesus, der für uns gekreuzigt worden ist.*

Ich kam von der Schule nach Hause, verschwand in meinem Zimmer und schrie in mein Kopfkissen. Dreimal laut, bis mein Gesicht rot anlief und mir die Tränen kamen. Irgendwann klopfte Mama an die Türe: „Essen ist fertig, kommst du?" Ich wischte mir die Tränen weg, puderte mir das Gesicht, um weniger verheult auszusehen, und ging ins Wohnzimmer. Es war vorbei, meine Platzierung konnte ich nicht mehr verbessern. Aber es hieß: *Summer bodies are made in winter*. Wenn ich mich jetzt gut vorbereitete, konnte ich zumindest nächstes Jahr weiter oben in der Liste landen. Ich löffelte meine Kohlsuppe. Mama und ich hassten sie beide, aber sie war ein gutes Abnehmmittel. „Lass uns heute ins Hallenbad nach Amstetten fahren", bettelte ich. Mama schwieg. Sie löffelte weiter ihre Suppe. Dann verzog sie den Mund. „Geh, warum heute?" – „Schwimmen ist gut für die Figur. Im Mädchen-Heft steht, dass dabei verschiedene Muskelgruppen trainiert werden." Mama schlürfte, wenn sie Suppe aß. „Wir haben aber kein Hallenbad hier." – „Ja-ha, deshalb sage ich ja, lass uns nach Amstetten fahren." – „Ich muss aber noch die Küche aufräumen. Bis wir dort sind, ist es doch viel zu spät!" – „Selbst wenn wir nur eine Stunde schwimmen, zahlt es sich aus", argumentierte ich. Mama sagte nichts mehr, und das machte mich wütend. Mama sagte nie *Nein*, sie verstummte auf einmal. Sie löffelte weiter ihre Suppe, als wäre nichts gewesen. „Was jetzt, ja oder nein?", schrie ich. „Jetzt sei nicht so hysterisch", sagte sie, und: „Nein, heute geh ich nirgendwo mehr hin." – „Dann nächste Woche, am Dienstag habe ich nicht so lange Schule!" Mama seufzte. „Gut, wenn du dir es einbildest."

Die Woche darauf standen Mama und ich in der Schlange des Amstettner Hallenbads. Sie hatte zu Hause mit dem Aufräumen getrödelt, und ich hatte sie antreiben müssen, um den Zug nicht zu versäumen. Ich konnte ihr ansehen, dass sie nicht wollte. Dass sie keine Lust hatte und am liebsten zu Hause geblieben wäre. „Du musst deinen inneren Schweinehund überwinden", sagte ich zu ihr. Das wirkte. Ich hatte einen schwarzen Badeanzug eingepackt, der an den Seiten und am Rücken offen war und nur in der Mitte vorne ein Stoffteil hatte. Genau genommen war es ein Bikini mit Stoff über dem Bauch. Ohne Stoff ging es noch nicht. Mit meiner Figur konnte ich mir einen Bikini nicht leisten. Noch nicht. „Denkst du, dass mir nächstes Jahr schon ein Bikini passt?", fragte ich Mama. „Du, da gibt es noch viel Dickere als du, die im Bikini rumlaufen." Mama nannte sie *Gestalten*. An der Kassa kramte Mama in ihrem Rucksack nach ihrem Geldbeutel. Sie holte einen Ausweis hervor, den ich noch nie gesehen hatte. „Was ist das?", fragte ich. „Ach so, das", murmelte Mama. „Das ist mein Behindertenausweis." – „Ich wusste gar nicht, dass du so etwas hast." Ich nahm Mama den Ausweis aus der Hand und öffnete ihn. Ich blieb an ihrem Foto hängen, das halb vom Stempel verdeckt war. Das Foto musste kurz nach der Gehirnblutung entstanden sein. Ich erschrak. Mamas Augen zwar, aber ein schiefer Mund und eine schiefe Nase blickten mir entgegen. „Warum brauchst du diesen Ausweis?“, fragte ich. „Dann krieg ich hier vielleicht eine Ermäßigung.“ – „Was, du willst den der Kassiererin zeigen? Mama!“ – „Ja, wieso denn nicht?“ – „Weil das peinlich ist vor all den Leuten. Mama, wehe du tust das“, zischte ich. Ich stellte mir vor, wie plötzlich jemand auftauchte, der uns kannte, und wie es sich in der Klasse rumsprechen würde, dass Mama einen Behindertenausweis hatte. „Haha, du bist behindert“, hörte ich die Buben in der Klasse lachen. Wie ich dann automatisch noch weniger Punkte bekommen würde und alle sagen würden: „Schau sie dir an, sie ist Letzte geworden.“ Wir waren die Nächsten an der Kassa. „Eine Erwachsene und eine Schülerin, bitte“, sagte Mama. Ihre Stimme stockte, aber den Ausweis hielt sie verdeckt unter ihrem Geldbeutel.

4

Ich roch die schwüle, dampfige Scheiße aufsteigen, und dachte an den Sommer. An Wanderer, die eine Kuhweide durchqueren mussten. Die hölzernen Schranken als Eintrittstore in die Welt der Kühe. Das Surren der Fliegen, die sich auf den Haufen niederließen, die so groß waren wie Fußbälle, nur flacher. Ich musste daran denken, wie Mama und ich immer *Muuuuuh* schrien und laute Brunfttöne von uns gaben, bis die Kühe zu uns her galoppierten. Ich schaute ihnen lange in die großen, braunen Augen. Wimpern wie Riesenkolibris. Dann hielt ich ihnen meine flache Hand hin und ließ pelzige Riesenwalzen über sie gleiten. Kuhscheiße im Sommer war weich und erdig, hatte aber Konsistenz. An den Außenseiten wurde die Scheiße von der Hitze schnell rau, erst beim Reinsteigen gab sie plötzlich nach. *Platsch.*

Die Manfred-Scheiße war flüssig und erinnerte an abgelaufenes Fleisch. Sie kroch langsam unter seinem Trainingsanzug hervor und färbte die Couch ockerfarben. Sie war wie eine schwerfällige Pfütze. Eine Wasserpfütze mit Schlamm. Ein Moorgebiet, das alle, die es betraten, nach unten zog. Eine dickliche Flüssigkeit, die sich wie klebriger Saft ausbreitete. Ich fühlte einen Frosch in meinem Hals, der seine Schenkel um meine Luftröhre schloss und zudrückte. Manfred hatte seine Arme auf den Oberschenkeln abgestützt, sein Kopf fiel vornüber. Ich stieß ihm in die Seite. Er schreckte kurz auf, schaute mich an. Seine Augen waren nur halb geöffnet, seine Lippen zu labbrig, um deutlich zu sprechen. Sie schlossen sich nicht, seine Zunge hob sich nicht. Etwas war falsch. Manfreds Kopf kippte seitlich weg. Ich rutschte auf die rechte Seite der Couch. Das Ockerbraun wurde langsam zu Dunkelbraun.

Vor einer halben Stunde hatte Mama zu mir gesagt: „Geh, sag du dem Manfred, dass er aufs Klo und dann ins Bett gehen soll. Auf mich hört er ja nicht."

Erwachsene glaubten immer, dass Kinder bei unangenehmen Aufträgen mehr erreichten. Dass man einem Kind keine Bitte abschlagen konnte. Ein paar Mal hatte ich es ausprobiert. Hatte mir abgeschaut, wie das die Kinder in den Filmen machten. Wie sie die Augenbrauen nah aneinander und gleichzeitig in die Höhe schoben. Den Kopf leicht nach rechts legten und mit einer zuckersüßen Stimme sprachen. „Bitte, lieber Manfred, geh aufs Klo", sagte ich. Manfred drehte seinen Kopf in Zeitlupe zu mir. „Wo ist denn das Klo bei euch?" Er schaute mich mit leeren Augen an. Wie ein Baby. Die Buchstaben glitten nur langsam aus seinem fast geschlossenen Mund heraus. Am Satzende blieb die Zunge draußen. Er schaute auf seinen Trainingsanzug hinunter und auf seine Schlapfen. Ich kicherte. „Manfred, du gehst hier jeden Tag aufs Klo. Natürlich weißt du, wo das Klo ist." Den letzten Satz sagte ich lauter, damit Mama ihn in der Küche hören konnte. Sie reagierte nicht. Ich wusste, es lag daran, dass ich meinen Auftrag noch nicht erfüllt hatte. „Ich begleite dich", bot ich Manfred an. Er nickte. Ich hakte seinen Arm in meinen ein und wollte ihn hochziehen, aber wie ein Boomerang wurde er zurück auf die Couch gewor-

fen. Er schaute mich an. „Auf Drei, Manfred“, sagte ich. Ich hörte, wie meine Stimme lauter und höher wurde. Ich fiepte beinahe wie eine Maus. „Eins, zwei, drei.“ Manfred hatte seinen Hintern leicht von der Couch gehoben. Er stöhnte und lehnte sich an meinen Arm. Hängte sich daran fest und wurde viel zu schwer für mich. Ich ließ mich auf die Couch fallen, er fiel mit. „Mama, ich schaff es nicht“, rief ich hinüber in die Küche. „Du hast es ja noch gar nicht lange probiert“, antwortete sie.
Kurz nach diesem Aufstehversuch musste es passiert sein. Erst kam der Geruch. Ich schaute zunächst unter und neben der Couch, dachte, vielleicht lag da etwas Vergammeltes auf dem Boden. Dann sah ich es aus Manfreds Hose kriechen. Eins mit der Couch werden. Manfreds Scheiße übergoss sich so langsam und gleichmäßig über die Couch, als würde ich einen Farbverlauf in Paint malen. Ich rüttelte Manfred am Arm, doch er reagierte nicht. Er zuckte nicht mal mehr, sondern lümmelte nur da, der Kopf hin und her baumelnd. Die Scheiße kam immer näher. „Mama, der Manfred hat was“, rief ich. „Mama!“ Ich hörte eine Person schreien, mit einer viel zu hohen Stimme, als dass ich diese Person hätte sein können. Es fühlte sich so an, als würde eine Hülle von mir direkt vor mir stehen. Eine charlottenförmige Hülle, die fast durchsichtig war, sich nicht bewegen konnte und neugierig dem Geschehen zusah, während ich hinter ihr stand und Angst hatte. Die Charlottenhülle sah Mama zu, wie sie Manfred an den Schultern packte und kräftig schüttelte. Mama hielt seinen Kopf mit beiden Händen, sie schrie ihn an. „Jetzt wirst du aber sofort munter, hörst du!“ Sie watschte ihn ab, rechts. *Patsch*. Links. *Patsch*.

Noch einmal schrie sie: „Diesmal rufe ich dir keine Rettung! Wie schaut das denn aus!“ Manfred murmelte vor sich hin, brachte aber nichts Verständliches heraus. Ich hörte nur *Mhh mhh mhh*. Mama packte Manfred am Ärmel. „Steh jetzt auf und geh aufs Klo!“ Aber er konnte nicht. Beim Versuch aufzustehen, gaben seine Knie nach, er schlug sie sich an der Tischkante auf und fiel auf den Boden. Er murmelte weiter vor sich hin. „Lass ihn, lass ihn einfach und geh in dein Zimmer“, sagte Mama zu mir. „Aber müssen wir nicht die Rettung rufen?“, fragte ich. „Nein, er bleibt da jetzt liegen.“

Ich ging in mein Zimmer, um mit meinen Barbies zu spielen. In meiner Klasse war ich die Einzige, die noch mit Puppen spielte. Es war mir unabsichtlich herausgerutscht, und ich bereute es sofort. „Das ist nichts für eine, die noch mit Puppen spielt“, sagten andere Mädchen oft, wenn ich bei etwas mitreden oder mir etwas ausleihen wollte. Ich nahm meine Lieblingspuppe aus dem Kasten und strich ihr über das lockige Haar. Ein paar der Barbies hatte ich auf dem Flohmarkt verkauft. Das Geld, das ich damit verdiente, sparte ich für das Shoppingcenter in Amstetten. Mirjam und ich fuhren mit der ersten Lokalbahn raus und verbrachten den ganzen Tag dort. Mit dem letzten Zug am frühen Abend fuhren wir zurück. Im Shoppingcenter waren all die Geschäfte versammelt, die es in unserer Kleinstadt nicht gab. Zwischendurch kauften wir uns beim Spar einen Caffè Latte aus dem Kühlregal und beobachteten von den Stiegen aus Leute, machten uns über sie lustig und hörten Musik über den MP3-Player, den Mirjam zum Geburtstag geschenkt bekommen hatte. An diesen Tagen fühlte ich mich erwachsen und konnte es kaum erwarten, endlich auszuziehen, den Ort zu verlassen, Geld zu verdienen und immer, wenn ich Lust hatte, ins Shoppingcenter zu gehen.

An Tagen wie heute fühlte ich mich wie ein Baby. Nicht stark wie Mama, die schüttelte und schrie und polterte. Ich saß da mit meiner Barbie auf dem Schoß und wusste nicht, was ich mit ihr spielen sollte. Zum ersten Mal fiel mir nichts ein, vor mir noch immer meine eigene Hülle, steif und stumm.

Als ich wieder ins Wohnzimmer kam, war Manfred weg. Mama stand über die Couch gebeugt. Der blaue Kübel neben ihr war mit Spülwasser gefüllt. Es roch beißend nach Putzmittel, vermischt mit Scheiße, die nicht mehr an Kuh erinnerte, sondern an Krankenhaus. Sie schrubbte, säuberte die Bürste, leerte den Kübel aus, füllte neues Spülwasser ein, aber die Flecken blieben. Sie waren nicht mehr dunkelbraun, sondern ockergelb. Mama schnaufte und fluchte. Auf dem Tisch lag die Fliegenklatsche. Der Geruch hatte schnell die Fliegen angezogen. Nie wieder würde ich auf dieser Couch sitzen können. Manfred hatte sich bei uns eingeschrieben. Seinen Platz am Esstisch konnte ich nicht mehr anschauen, ohne an das Blut zu denken, das langsam in die Rillen der Küchenfliesen geflossen war. Ich drückte meine Augen fest zusammen. *Verschwinde einfach, verschwinde jetzt, verschwinde.* Trotzdem sah ich Manfreds Silhouette vor mir, wie er am Boden lag und seufzte. Sein Bauch, weich und entspannt. Der Speichel, der ihm aus dem Mund lief.

„Mama, ich glaube, wir müssen eine neue Couch kaufen!" – „Aha, und wie viel Geld glaubt das Fräulein denn, dass wir haben?" Mama schmiss die Bürste mit Schwung in den Kübel voll Wasser, sodass er überschwappte, und ging in die Abstellkammer. Mama stand auf einem Sessel und kramte im Regal herum. Sie schob Pflaster, Verbände und Einmachgläser zur Seite. Rechts und links fielen Gegenstände um, doch das kümmerte sie nicht. Endlich fand sie die Box, die sie noch von ihrem Job in der Wäscherei hatte. Darin waren spezielle Sprays für Reißverschlüsse und andere, um hartnäckige Flecken zu entfernen. Mama holte sie vom Regal herunter, schob sich an mir vorbei und bearbeitete die Couch mit einem Spray. Er bildete an den Rändern weiße Schaumkronen. Wenn ich mich der Couch näherte, hörte ich ein Zischen und Schäumen. „Jetzt muss das einziehen", sagte sie. „Wo ist Manfred eigentlich?", fragte ich. Mama schaute auf und seufzte genervt. *Reden ist Silber, Schweigen ist Gold.* Ich setzte mich auf den Boden, hielt den Atem an und versuchte so leise wie möglich zu sein. Da hörte ich es. Manfred gab laute, brunftige Töne von sich. Sie kamen aus dem Schlafzimmer. Mama musste es also geschafft haben, ihn dorthin zu bringen. Doch keine Rettung. Der Spray war mittlerweile eingezogen, ein brauner Film war geblieben. Dafür war die Couch an anderen Stellen viel heller geworden und hatte ihre eigentliche Farbe verloren. Mama tunkte die Bürste in den Kübel und schrubbte weiter.

5

„Diesmal sagen wir, dass er es mit dem Knie hat“, bestimmte Mama. Die Couch roch noch immer nach Scheiße. Wenn ich mich hinlegte, konnte ich es stark riechen. Wenn ich saß, nur, wenn ich mich darauf konzentrierte. An einer Stelle war die Verfärbung nie weggegangen, deshalb hatte Mama ein Tuch darüber ausgebreitet. Ich setzte mich nie auf diese Stelle. Nur Gäste saßen dort, ahnungslos und sich womöglich fragend, woher der unangenehme Geruch kam. Mama war böse auf Manfred. „Wie man sich so ansaufen kann, dass man nicht einmal mehr das Klo findet!“ Manfred konnte sich an nichts erinnern. Er stritt ab, dass es jemals passiert war. „Geh, natürlich weiß ich, wo das Klo ist!“ – „Aja, dann schau dir die Couch an!“ – „Das ist nicht von mir.“ Mama wurde böse. „Du fährst wieder auf Kur!“ Sie hob den rechten Zeigefinger wie immer, wenn ihr etwas ernst war. „Geh, das bringt doch nichts.“

Manfred wehrte zu Beginn immer alles ab. Bis Mama einen Weg zu ihm fand. Zumindest sah es für mich so aus. Wenn dieser Weg gefunden war, dann schoss sie ihm mitten ins Herz, hinein in die Wunde. Dann saß Manfred tagelang nachdenklich da und schaute aus dem Fenster. So war es auch jetzt wieder. Wenn ich fragte, was los sei, sagte er nur „Ich denke nach“, und seufzte. Wenn ich Mama darauf ansprach, erklärte sie mir: „Ich habe ihm ein Ultimatum gestellt.“

Wenige Tage später war es beschlossene Sache. Manfred musste beim Hausarzt um Kur ansuchen. Er würde seinen Koffer packen und für ein paar Wochen weg sein. „Was passiert, wenn er nicht fährt?“, fragte ich. „Dann erlaube ich ihm nicht mehr, hier zu wohnen.“ – „Heißt das, dass du dich von ihm trennst?“ Daraufhin sagte Mama nichts. Sie formte ihre Lippen zu dünnen Strichen. Ihr Mund wirkte plötzlich ganz klein, als würde er sich selbst verschlucken. Irgendwann war es dann so weit.

Am Tag von Manfreds Abreise war mir nicht bewusst, dass es sich um einen Abschied für immer handelte. Ich winkte ihm vom Esstisch aus zu. „Tschüss!“ – „Geh, umarm mich halt noch einmal!“ – „Nein, ich will jetzt nicht.“ Dann ging er zum Bahnhof und zog seinen großen Koffer hinter sich her. Manfred rief einmal am Tag bei Mama an. Er versuchte es auch bei mir und schrieb mir SMS, aber ich ignorierte sie. „Jetzt antworte dem Manfred doch mal, er hat gesagt, dass er dir schon einige SMS geschrieben hat“, sagte Mama. „Ich will nicht, es geht ihn gar nichts an, was ich mache.“ Irgendwann veränderten sich die Telefonate, die Mama mit Manfred führte. Er erzählte von einer Ärztin aus Wien, die sich für ihn interessierte. „Ist das dein Kurschatten?“, fragte Mama. Manfred verneinte. Die Ärztin aber blieb in den Gesprächen. Sie hatte sich festgesetzt. Wenn Mama sich beschwerte, sagte er: „Sie ist wenigstens lieb zu mir, nicht so wie du.“ Und nach einer kurzen Pause fügte er hinzu: „Aber dick ist sie, richtig dick, da vergeht es einem.“

Ich dachte an meinen eigenen Bauch, der sich, obwohl ich schon acht Kilo abgenommen hatte, immer noch nach außen stülpte. Er wirkte im Vergleich zu meinem restlichen Körper riesengroß. „Da vergeht es einem", hörte ich die Buben aus der Schule sagen. Ich tastete nach meinen Rippenbögen, um zu prüfen, ob ich sie schon deutlicher fühlen konnte. Dann fuhr ich mit der Hand hinauf zum Schlüsselbein. Es war viel stärker ausgeprägt als noch vor ein paar Monaten. Zur Motivation hatte ich mir Fotos von Hollywood-Stars ausgedruckt und sie an meine Pinnwand gehängt. Manfreds Bojenbauch war genau das Gegenteil. Ich erinnerte mich daran, wie er damit übers Wasser schwebte. „Einen schönen Mann entstellt nichts", hatte ich seine Stimme im Ohr. Ich sah ihn vor mir, wie er auf Kur in seinem Adoniskostüm herumstolzierte. Wie er die Gäste im Frühstücksraum laut begrüßte und sich als Herr Hofrat vorstellte. Und wenn die Leute fragten, warum er hier sei, würde er sicherlich die Geschichte von der Schulter erzählen. Die ein, zwei, drei Varianten des Unfalls. Ich sah die Gäste um ihn herum, die *Ohh* und *Ahh* riefen, laut lachten und sich dabei auf die Schenkel klopften. Wie er allen erzählen würde, dass er früher ein richtiger Terence Hill gewesen sei mit kristallblauen Augen und immer einer neuen Freundin. „Aber ich bin zu allen gut gewesen", würde er sagen, lachen, und die Männer um ihn herum würden mit einstimmen. Ich stellte mir vor, wie die Ärztin ihn anhimmelte, genauso wie Mama zu Beginn. Eng umschlungen bei einem Lamourhatscher. Wie er ihr tief in die Augen schaute und ihren Namen flüsterte.

„Ich denke, es ist gut, wenn wir erst einmal pausieren", sagte Mama am Handy. „Das interessiert mich nicht, eine von vielen zu sein." Ab da rief Manfred weniger oft an. „Seine Ärztin hält ihn sicher auf Trab", sagte Mama zu mir. „Das ist eine Studierte, hat früher sogar Archäologie gemacht, was den Manfred so interessiert." Während sie das Wort *Archäologie* aussprach, machte Mama eine Pause. Sie wiederholte den Wortbeginn Archä-o-. Archä-olo. Archäologie. „Da hat er sich jetzt eine geangelt, die etwas Besseres ist." Mama war traurig, aber sie gab es nicht zu. Ich merkte es an der Art, wie sie durch die Wohnung ging. Sie hob ihre Füße nicht und schleifte die Schlapfen über den Boden. An manchen Tagen war sie wütend, dann stampfte sie durch die Wohnung. Ihre Arme hingen träge an ihr herab. Ihre Schultern saßen tiefer als sonst. An anderen Tagen befanden sie sich wiederum direkt unter ihren Ohren. Dann trappelte Mama nervös in der Wohnung herum, ließ Teller fallen, sodass sie klirrten, und erschrak sich bei jedem Geräusch. „Eigentlich praktisch", sagte Mama, „dass er schon für die Kur gepackt hat." Sie schaute mich an und verzog die Mundwinkel. „Da muss er jetzt gar nicht mehr so viel packen, wenn er auszieht." Mama lachte. Es klang nicht nach einem echten Lachen. Ich stellte mir einen Mund vor, der wie die Regenwolke in Comics über ihrem Kopf schwebte und der dann anstatt von Regentropfen Lacher über ihr entleerte. „Zieht er dann zurück zu seiner Mama?", fragte ich. „Weiß ich nicht, vermutlich gleich zu *ihr*." – „Aber lebt sie nicht in Wien?" – „Ja, schon, aber das wird ihm egal sein." Mama schwieg für einen Moment. „Jetzt hat er es endlich geschafft, sich ein

Haus zu angeln." – „Die hat ein Haus in Wien?" – „Ja, mit großem Garten. Sie ist halt etwas Besseres." Mama zischte das *s*. Sie sprach das Wort überdeutlich aus, betonte jedes *e*. Ihre Schultern hingen nach unten genauso wie ihr Kopf. Vor sich hatte sie eine Zeitschrift aufgeschlagen. Ich wollte Mama fragen, ob sie traurig war, aber ich traute mich nicht. Zu Hause wurde nicht über Gefühle gesprochen. Die Dinge waren nun mal so, wie sie waren. Mama seufzte. „So ist das im Leben, Charlotte. Die schönen Dinge vergehen wie im Flug, und das Unangenehme zieht sich dahin."

Ich stellte mir vor, wie Manfred durch seinen neuen, großen Garten kroch, wie er hinter sich eine schleimige Bahn zog. Seine Fühler waren der Welt entgegengestreckt, wenn er auch manchmal auf der falschen Seite landete und hin- und herkullerte. Er eroberte eine neue Gegend und kroch so zielstrebig, wie er in unsere Leben gekrochen war, wieder davon.

6

„Eigentlich sind sie viel zu dick, um vom Boden weg zu fliegen“, brummte es aus dem Fernseher. Der Ansager mit der tiefen Stimme fuhr fort: „Daher stürzen sich Papageientaucher von der Klippe und beginnen im freien Fall zu fliegen.“

Ich hatte mit Mama ausgemacht, dass ich am Nachmittag fernsehen durfte. Auf *arte* lief eine Sendung über die Färöer-Inseln. Ich hatte noch nie davon gehört, aber schaute mir alles an, was Orte zum Thema hatte, die weiter weg waren. „Da ihre Flügel viel zu kurz sind, müssen die kleinen Vögel sechs bis sieben Mal pro Sekunde mit ihnen schlagen, um nicht abzustürzen.“ Die Kamera filmte einen Papageientaucher, der sich den Abhang hinunterstürzte und in der Luft hin- und herwackelte. Ich hielt mir die Hand vor den Mund. Beinahe sah es so aus, als würde er in das Kliff knallen. Dann erst schien er sein Gleichgewicht zu finden. Die kleinen Füße standen von seinem dicken Körper kerzengerade weg. „Mit den Füßen steuern Papageientaucher.“ Es folgte eine Nahaufnahme, in der deutlich zu sehen war, wie der Wind zwischen die Schwimmhäute auf den Füßen fuhr und der Vogel tatsächlich einige geschickte Manöver nach rechts und links machte.

Mama saß auf der Couch neben mir. Der graue Haaransatz war zu sehen. Sie färbte sich die Haare immer noch, aber erst, wenn genug Grau zu sehen war. „Sonst rentiert sich das ja nicht“, sagte sie. Jetzt, wo Manfred weg war, hatte Mama mehr Zeit. Sie musste ihm kein Frühstück machen, keinen Earl-Grey-Tee hinstellen und keine Zeitung holen. Bei ihren Einkaufsrunden durch die Stadt blieb sie deshalb immer öfter beim Tandler stehen. Von dort brachte sie Gegenstände mit, die sie vorsichtig aus ihrem Fahrradkorb hob und anschließend wie ein Baby aus dem schützenden Tuch auswickelte. Mama grunzte dann erfreut und sagte: „Schau!“ Oft waren es Windlichter oder kleine Rehe aus Porzellan. Viele ihrer Fundstücke kosteten weniger als einen Euro. Das machte Mama besonders stolz. „So günstig kann man es sich zu Hause schön machen“, sagte sie und hob den Gegenstand wie eine Trophäe in die Höhe. Mit einer Teekanne in Katzenform kam sie einmal besonders stolz nach Hause. Der Verschluss der Kanne hatte die Form eines Katzenkopfes. Das heiße Wasser füllte man in den Katzenkörper. Der Schwanz war nur angedeutet und konnte nicht extra befüllt werden. „Ein Schnäppchen“, rief sie. „Nur fünfzig Cent habe ich dafür bezahlt. Kannst du dir das vorstellen?“ Ich konnte es mir nicht vorstellen, hatte so eine Kanne aber auch noch nie in einem Geschäft gesehen. Seither stand die Katzenkanne zur Dekoration auf dem Couchtisch.

Wenn ich in der Nacht aufs Klo musste, bewegte ich mich ganz leise und versuchte, meine Füße kaum zu heben, in der Hoffnung, die Gegenstände lebendig zu sehen. Ich stellte mir vor, dass die kleinen Figürchen wie im verwunschenen Märchenschloss zu tanzen begannen. Dass sie Geheimnisse austauschten, die sie mir tagsüber nicht erzählten. Dagegen sprach nur, dass die Figuren mittlerweile Staub angesetzt hatten. Mama hatte keinen Staubwedel. Wenn es zu dreckig wurde, nahm sie alles vom Fensterbrett und von den Schränken und wischte nass darüber. Die Figuren selbst staubte sie aber nie ab. Ich konnte es ihnen an ihren staubigen Nasen ansehen. Als ebenmäßiger Film lagen die Staubkörner auf den Figuren.

Mama erneuerte auch nichts in der Wohnung. Die Vorhänge waren von der Sonne stark ausgebleicht. „Aber sie machen noch, was sie machen sollen“, sagte Mama. Auch unser Herd funktionierte nicht mehr richtig. Er brauchte so lange, bis er heiß wurde, dass, egal, was Mama kochte oder backte, nie unter drei Stunden fertig war. Für die Waschmaschine hatte sie schon unzählige Male Ersatzteile bestellen müssen. In der Zwischenzeit wusch sie die Wäsche mit der Hand im Waschbecken, und die Kleidung fühlte sich seifig statt sauber an. Mama wollte auch keine neuen Möbel kaufen. Wenn ich sie darauf ansprach, sagte sie mit einem Seufzer: „Wer weiß, wie lange ich überhaupt noch lebe.“ Dabei schaute sie in den Herrgottswinkel. Ich fand ihre Reaktion zu dramatisch, schließlich fehlte ihr nichts. Nichts mehr. Nachdem sie die Zehnjahresmarke nach der Gehirnblutung überschritten hatte, nahm die Dichte der Kontrolluntersuchungen ab. „Es ist unwahrscheinlich, dass jetzt noch einmal etwas passiert, haben die Ärzte gesagt.“ Mama traute dem nicht. Sie wachte ängstlich auf. Hatte das Gefühl, gleich konnte es wieder passieren. Eine unbegründete Angst, die ihr Herzrasen verschaffte, aber nichts mit ihrem Hirn zu tun hatte. Wenn Mama Kopfweh hatte und die Schmerzen zu lange andauerten, hatte sie die Vermutung, dass mit ihrem Hirn doch nicht alles in Ordnung sei. „Vielleicht haben die das nur gesagt, um mich zu beruhigen“, sagte sie dann. „Bring mir einen kalten Waschlappen!“ Dann lag sie auf der Couch und wartete ab. Sie schaute auf den Fleck an der Wand, der viel weißer war als der Rest. Er hatte die Größe eines Schädels.

Eines Tages war Mama auf die Leiter gestiegen und hatte das Hirschgeweih abgenommen. „Das hängt schon so lange da, es wird Zeit für eine Veränderung.“ – „Aber jetzt sieht man die Verfärbung an der Wand.“ – „Das macht nichts.“ Mit dem Hirschgeweih war Mama vorsichtig auf den Dachboden gestiegen. Sie hatte den Hirschen mit der rechten Hand umklammert, mit der linken hatte sie sich am Geländer festgehalten. Stufe für Stufe hatte ich das Hirschgeweih langsam verschwinden sehen. Wie einen Albtraum, der sich gegen Ende der Nacht immer weiter entfernte und an den ich mich nur schemenhaft erinnern konnte. Der Hirsch war oben angekommen. Er hatte imposant ausgesehen zwischen den alten Matratzen, meinem Erstkommunionskleid und Anjas Möbel, die sie nie abgeholt hatte. Mama war die Stiegen heruntergeklettert und hatte die Dachbodenklappe fest zugeknallt. *Pamm.*

Die Sendung über die Papageientaucher war beinahe zu Ende. Zum Schluss zeigten sie, wie der dickliche Vogel zur Landung ansetzte. „Er drosselt das Tempo, breitet die Flügel zum Fallschirm aus – *autsch*, das ist aber schiefgegangen", sagte der Ansager. Der Papageientaucher hatte zu viel Schwung und purzelte geradeaus weiter, bis er in einen Stein krachte. Er war nicht ohne Probleme gelandet, aber er war angekommen. Während er sich wieder aufrappelte, begann der Abspann über das Bild zu rollen.

„Komisch, wie leer die Wand jetzt wirkt, oder?", sagte Mama zu mir. „Und so braun", erwiderte ich. „Vielleicht müssen wir den Hirschen doch wieder herunterholen, dann fällt es nicht auf, dass die Wand eine andere Farbe hat." – „Da schaut ja keiner hin", sagte Mama, die nicht mich, sondern den leeren Fleck an der Wand anschaute. „Denkst du noch manchmal an ihn?" – „An den Hirschen?" – „Naja, quasi", sagte ich und wartete auf Mamas Reaktion. Ihre Mundwinkel verschoben sich langsam. „Den Oberhirschen?" Sie lachte. „Nein, eigentlich nicht mehr so oft." Mama blickte nachdenklich auf die Zeitschrift, die ausgebreitet vor ihr auf dem Couchtisch lag. „Hirsche sind Fluchttiere, das habe ich akzeptiert." Mama füllte ihr Kreuzworträtsel weiter aus. Sie trug die Buchstaben, von denen sie glaubte, dass sie zur Angabe passten, in die rechte obere Ecke des jeweiligen Kästchens ein. Das machte sie, wenn sie sich unsicher war. Mama zischte. Ihre Antwort war falsch, die Buchstaben passten nicht in die vorgegebenen Kästchen. „Biblischer Prophet mit sechs Buchstaben." Ich zählte die Buchstaben an meinen Fingern ab. Jonas war zu kurz, Zacharias zu lang. „Ah!", rief Mama. „Ich hab's, dass mir das nicht vorher eingefallen ist!" – „Was?" –

„Samuel! So hättest du geheißen, wenn du ein Bub geworden wärst." – „Warum?" – „Vor deiner Geburt habe ich eine Liste mit Namen gemacht", antwortete Mama. „Ich habe sie niemandem gezeigt, sonst hätten sich alle eingemischt." Mama kringelte die Buchstaben für das Lösungswort, das sie gefunden hatte, ein und übertrug sie in die vorgegebene Textspalte mit der Überschrift *Mein Lösungswort.* „Und welche Namen standen auf der Liste?", fragte ich. „Für Mädchen sind mir einige eingefallen. Für Buben nur ein einziger, Samuel. Das heißt *von Gott gewollt.*" – „Aber wenn mich nicht einmal mein Vater wollte?!" – „Genau deshalb habe ich den Namen ausgesucht." – „Wusstest du denn vorher gar nicht, ob ich ein Bub oder ein Mädchen werde?" – „Nein, ich mag Überraschungen." Mama strich sanft die Zeitschrift glatt, die vor ihr lag. Dann schaute sie mir direkt in die Augen. „Mein Nesthäkchen."

Dank

Allen voran möchte ich mich beim Müry Salzmann Verlag für das Vertrauen in mein Manuskript bedanken. Mein Dank gebührt vor allem Silke Dürnberger, die mich unermüdlich durch den Bearbeitungsprozess geführt hat und immer an die Stimme des Kindes geglaubt hat.

Ich danke außerdem Senta Wagner, die mich aufgefangen hat, als ich während des Schreibens nicht mehr weiterwusste. Danke für all unsere Gespräche zum Stoff und zu den Protagonisten.

Ohne meine Mama gäbe es dieses Buch nicht, daher widme ich es ihr, auch wenn die Mutter-Kind-Beziehung nicht immer eine leichte ist.
Von ganzem Herzen danke ich Lily Dittlbacher, die in mir den Wunsch entfacht hat, Schriftstellerin zu werden und die uns in der Schule auch Literatur abseits vom traditionellen Kanon nähergebracht hat.

Ich danke Katerina Tziala, die immer daran geglaubt hat, dass ich es schaffen kann, und mich während des gesamten Schreibprozesses unterstützt hat. Außerdem meinen Freund:innen, meiner zweiten Familie: Marianne Hofbauer, Verena Klauser, Fabian Koch, Sebastian Helm, Laura Tezarek, Vlad Pechen, Tonia Tympou, Jess Leder, Ihor Pokatashkin und den Brussel Sprouts, vor allem Astrid Eisenprobst, Eva Wackenreuther und Anja Malenšek.

Ich danke Julia Krammer, meiner literarischen Weggefährtin, für all unsere Gespräche zum Schreiben, für die Freundschaft und den Glauben an mich.

Nicht zuletzt sei dem Land Niederösterreich für die finanzielle Unterstützung gedankt – das Manuskript zu diesem Buch wurde mit dem Hans-Weigel-Literaturstipendium gefördert.

Bibliografische Information der Deutschen Nationalbibliothek
Die Deutsche Nationalbibliothek verzeichnet die Publikation in der Deutschen Nationalbibliografie; detaillierte bibliografische Daten sind im Internet über http://dnb.de abrufbar.

Salzburg – Wien
Lektorat: Silke Dürnberger
Gestaltung: Müry Salzmann Verlag
Druck: GGP Media GmbH, Pößneck
ISBN 978-3-99014-261-5
www.muerysalzmann.com